La autopista:

the movie

New York, NY.

Colección Sudaquia

La autopista:

the movie

Jorge Enrique Lage

Sudaquia Editores.
New York, NY.

LA AUTOPISTA: THE MOVIE BY JORGE ENRIQUE LAGE
Copyright © 2016 by Jorge Enrique Lage. All rights reserved
La Autopista: the movie.

Published by Sudaquia Editores
Collection design by Sudaquia Editores

First Edition Editorial Caja China
2014

First Edition Sudaquia Editores: febrero 2016
Sudaquia Editores Copyright © 2016
All rights reserved.

Printed in the United States of America

ISBN-10 1944407022
ISBN-13 978-1-944407-02-5

10 9 8 7 6 5 4 3 2 1

Sudaquia Group LLC
New York, NY
For information or any inquires: central@sudaquia.net

www.sudaquia.net

The Sudaquia Editores logo is a registered trademark of Sudaquia Group, LLC

This book contains material protected under International and Federal Copyright Laws and Treaties. Any unauthorized reprint or use of this material is prohibited. No part of this book may be reproduced or transmitted in any form or by any means, electronic or mechanical, including photocopying, recording, or by any information storage and retrieval system without express written permission from the author / publisher. The only exception is by a reviewer, who may quote short excerpts in a review.

This book is a work of fiction. Names, characters, places, and incidents either are products of the author's imagination or are used fictitiously. Any resemblance to actual persons, living or dead, events, or locales is entirely coincidental.

Índice

Breaking News	10
Hard Rock Live	24
Transmetal	42
White Trash	62
Fast Forward	80
Hall of Fame	96
XXX	114
Grandmaster	134
Girls Gone Wild	150
The Horror	172

Breaking News

Ella no significa nada para mí, y sin embargo iré tras el misterio de su muerte.
Rodolfo Walsh

Dicen que la autopista va a atravesar la ciudad de arriba a abajo. Lo que queda de la ciudad. Por el día avanzan los bulldozers barriendo parques, edificios, shopping centers. Por las noches yo deambulo en las proximidades del mar, entre los escombros, las maquinarias, los contenedores, tratando de imaginar desde ahí la magnitud de lo que se avecina. No cabe duda de que la autopista será algo monstruoso.

*

Con las autopistas ocurre lo siguiente: no importa por dónde pasen, a cada lado empieza a crecer (como mala yerba del espacio, como posibilidad) el desierto.

*

Esta noche me vuelvo a encontrar con él. Yo le llamo el Autista. Alguna vez fue un nerd, un geek, un freak a su manera. Ahora parece estar más allá de todo eso. Me lo encuentro en un cementerio de carros, sentado en silencio junto a una exposición de carrocerías americanas que deben tener más de un siglo. Se ha hecho un enredo de cables de distintos colores con los que se alumbra para leer el último número de la revista Wired. Lo saludo con un gesto y sigo de largo. Alguien debería hacer un documental sobre él.

Un contenedor misteriosamente abierto. Ilumino la puerta de metal con un fósforo. Un montón de pegatinas que dicen: SNACK CULTURE. Afuera, por ambos lados, en letras más grandes, es probable que diga lo mismo: SNACK CULTURE. Adentro hay (tiene que haber) un cadáver.

*

—¿Algo más? —pregunta el Autista.
—Montones de cajas, cajas, cajas.
—Me refiero a si hay otros cuerpos.
—Ahora estamos tú y yo.
—Otros cuerpos. Otros cuerpos.

Casi me los está pidiendo. Le digo:

—No sé por qué tendría que haberlos.

Una patrulla de helicópteros cruza por delante de la luna. Cuando desaparecen, el Autista me mira con su cara desprovista de expresión y dice:

—Siempre lo mismo. Tú, yo, y una mujer muerta.

*

Vestida como una reina, o como una puta vestida de reina, vestido de noche y afilados tacones y bolso Vuitton, hasta la sangre debajo de ella resulta un charco carísimo. Se vistió para salir con alguien: una cena, una alfombra roja, una fiesta, algo que en definitiva no salió tan bien. El peinado deshecho, el maquillaje intacto. No es una mujer joven, pasa los cuarenta pero conserva rasgos de niña quirúrgica.

Tiene joyas, pero no dinero. Sin duda habrá tenido muchos amigos e impredecibles amantes. Se pueden inferir toda clase de historias turbulentas sólo con mirarla tendida en el piso de un contenedor. Es, por supuesto, Vida Guerra. La cuban-american model, singer, actress... Su rostro pretende ser inconfundible todavía.

*

Hay que hacer algo. Busquemos un teléfono, sugiero. Busquemos un maldito celular. Vámonos a Nokia, esa pequeña ciudad de Finlandia, y quedémonos allí para siempre.

Pero no nos movemos. Empezamos a discutir si uno de los dos debiera quedarse cuidando (tal vez examinando cuidadosamente) el cadáver de Vida. Y en medio de esa discusión necrofílica nos alcanza la llovizna. La llovizna que se había estado moviendo hacia nosotros sin que nos diéramos cuenta.

Por un instante, cuando casi roza nuestras narices, vemos esto:

Lo que parecía un velo de agua es como un frente de éter electrónico. Como una pantalla con abundante estática. Como un cristal que torna líquido lo que viene detrás. Pasa rápidamente por encima de nosotros y no provoca sensación alguna y tras su paso todo queda igual que antes, pero más iluminado y en escala de grises.

El Autista y yo nos miramos.

El Autista me dice que él sabe dónde encontrar una camilla.

Yo pienso: ese basurero de trastos de hospital sólo existe en tu mente.

Ponemos a la cuban-american muerta en una camilla metálica con ruedas, y nos vamos rodando hasta la garita que custodia la zona.

El vigilante sale a nuestro encuentro apuntándonos con una linterna:

—¡Alto! ¿Quiénes son ustedes?

No respondemos esa pregunta. Teoría del silencio reflejo.

Por otra parte: ¿Quiénes somos nosotros?

—¿Cómo entraron?

—Siempre estuvimos adentro —dice el Autista.

—¿Qué llevan ahí? —El vigilante se acerca a inspeccionar la camilla—. La gente viene a robarse materiales de construcción, y en cambio ustedes...

—¿Reconoce quién es? —le pregunto—. Fíjese bien.

Él aguza la vista. Es gordo, es patético, le lleva unos diez destruidos años a Vida y parece necesitar, como mínimo, unos espejuelos.

—Qué buena está la temba ésa —reconoce—. Se ve que es una diabla caprichosa. Por cosas así es que yo padezco del corazón.

—En las revistas del corazón vienen las listas de trasplantes —dice el Autista sin propósito definido—. Hay que leer de todo.

El vigilante mira al Autista con atención.

—Mira tú, yo estoy en una lista de trasplantes.

—¿Entonces qué está haciendo aquí? —le pregunto.

—Espero a que terminen la autopista. Pagan una mierda, pero pagan. Yo era coronel de las Fuerzas Armadas, ¿saben?, y miren dónde he terminado. En una garita toda la noche mirando televisión. —El vigilante vuelve a mirar el cadáver, chasquea los dedos—. ¡Ya sé! Ella es la del noticiero.

14

Entramos a la garita. En un televisor portátil en blanco y negro se ve el Noticiero Nacional de Televisión, y ahí está ella. Viva y en vivo. Vida Guerra es la locutora principal. Con un escote devastador, nos habla de un maremoto en Asia. Pero también es el locutor principal. Vida Guerra con un bigote espeso, el pelo escondido en una peluca, las tetas comprimidas bajo el traje y la corbata. Y también es ella la mujer del tiempo: otro traje, pantalones ceñidos y diferente la misma voz, recorre con la mano el mapa de la isla indicando (provocando) las altas temperaturas. Y a continuación Vida Guerra como el apuesto joven de los deportes que conversa con el canoso analista de béisbol que es ella también. Y después Vida Guerra en la sección de culturales: la cara mofletuda, la sonrisa sin estilo, la blusa decepcionante. Y Vida Guerra la presentadora de los reportajes de Vida Guerra la corresponsal que reporta desde distintos lugares del mundo. Adelante, Vida. Muchas gracias.

*

Esto significa algo, dice el vigilante, y sus ojos se agrandan y su rostro palidece. Ha visto una señal clarísima en la superposición de tantas imágenes informativas con el cuerpo que acabamos de encontrar. Sin duda alguna esto tiene que ver con él, últimamente todos los cañones apuntan en su dirección. Él la estaba esperando, ella ha venido por fin a buscarlo. Ha llegado la hora fatal. (Pero a mí se me ocurre otra cosa.)

*

—Quizás no sea lo que usted imagina —propongo—. Sin pretender restarle validez a sus conjeturas, con el mayor respeto, yo creo que puede ser todo lo contrario. Puede ser la oportunidad de tener un corazón nuevo.

El vigilante pestañea, perplejo.

—¿El corazón de ella? ¿Ponerme su corazón?

—Ahora mismo, antes de que se enfríe. Si es cierto lo que usted dice, no tiene nada que perder. En cambio, si todo sale bien...

—¡Pero cómo voy a vivir yo con un corazón de mujer!

—Si las mujeres pueden, coronel, cómo usted no va a poder.

Él queda en silencio. Meditabundo, se lleva una mano al pecho y se da unos golpecitos.

El Autista y yo nos miramos.

El Autista me dice que él sabe dónde encontrar una camilla.

Yo pienso:

*

No se atreverá. Estoy seguro. Sin embargo se acuesta sin vacilaciones en una camilla metálica al lado de Vida y cierra los ojos y se hace el que está decidido y más que decidido: anestesiado.

—Bisturí —le pido al Autista.

Trato de concentrarme mirando fijamente a la donante.

Rasgo la tela del vestido. Por supuesto que no lleva ajustador.

Aparto un poco la teta izquierda. Si pincho donde no es puede salir un chorro de silicona, puedo encontrar una bala perdida o un fajo de dólares, puede pasar cualquier cosa.

Hago la incisión. Abro. Profundizo. Aparto las costillas y el plástico. Separo todo lo que no es importante ahora.

El corazón queda a la vista. Corto las tuberías y cables que lo sujetan. Meto mis manos sucias dentro del pecho que todavía está caliente, que se calienta todavía más...

Quema.

(Sale un humito perfumado.)

Saco el corazón de Vida Guerra.

—Qué asco —dice el Autista a mis espaldas.

Sostengo el corazón de Vida Guerra como si fuera la cosa más frágil del mundo. Está húmedo. Es pequeño y femenino. Es un juguete erótico. Es de pilas: vibra entre mis manos. O no: son mis manos las que vibran, son mis nervios que le transmiten electricidad.

De pronto el corazón late. Un solo latido. Un latido fuerte.

Me vuelvo hacia el Autista.

—¿Tú viste eso?

—No.

Observo el corazón durante unos segundos. No vuelve a latir. Lo aprieto un poco. Nada. Le pido al Autista que lo sostenga y vuelvo a empuñar el bisturí.

—No lo dejes caer. Dámelo cuando yo te lo pida.

—No sé por qué quisiera quedarme yo con esto. Ella no significa nada para mí.

—De acuerdo. —Me acerco al otro cuerpo. Él ya se quitó la camisa del uniforme y me muestra el pecho flácido, hundido, con algunos pelos solitarios que parecen gusanitos retorcidos. Siento un corazón, el mío, latiendo con fuerza. Miro al Autista, miro el corazón, ese pedazo de mujer en sus manos. Miro el pecho todavía por abrir. Levanto el bisturí. Lo dejo caer.

Retrocedo.

—Lo siento, coronel.

Él se levanta. Empieza a abotonarse la camisa.

—Sabía que no te ibas a atrever —dice.

O quizás sí:

El coronel se acuesta sin vacilaciones en una camilla metálica al lado de Vida y cierra los ojos y se hace el que está decidido y más que decidido: anestesiado.

—Bisturí —le pido al Autista.

1) Abro el pecho de ella, saco el corazón.

2) Abro el pecho de él, saco el corazón.

Echo el corazón 2 a la basura. El corazón 1 se lo pongo a él.

Le cierro el pecho a él mientras el Autista le cierra el pecho a ella, murmurando:

—Ella no significa nada para mí, y sin embargo aquí estoy rellenándole un hueco con arena de autopista. Ella no significa nada para mí, y sin embargo aquí estoy cosiendo con alambre su cuerpo atropellado.

Le digo que se calle, porque a fin de cuentas él es el único que entiende lo que está intentando decir. Esa es una de las razones por las que le llamo el Autista.

La operación militar al fin concluye.

—Listo, coronel.

Él se levanta. Empieza a abotonarse la camisa.

—Ahora vamos a enterrar a la perra esa —dice.

*

Ya no hay que llamar a la policía: ahora él es la policía. Nos habla de otros cuerpos enterrados, de un lugar que él conoce, donde acude la gente (los tipos que no pagan una mierda, los tipos que pagan de verdad) a deshacerse de los cuerpos en la noche. Prostitutas. Mendigos. Testigos. Y cuerpos que lanzan los helicópteros, también, y fugitivos desesperados que se entierran a sí mismos escarbando con las uñas. Cadáveres que nadie encontrará nunca, asegura el coronel. Todo esto, hasta donde alcanza la vista, dentro de poco estará cubierto por toneladas de asfalto. Todo.

*

Caminamos los tres en silencio. Conduciendo la camilla de Vida Guerra por senderos de tierra rocosa. Pasamos entre camiones de ruedas inmensas, bordeamos gigantescos depósitos de agua o de cemento. Y la vista puede elevarse y llegar todavía más lejos: las imágenes de algún satélite, los mapas futuros de Google. Pienso en infinitos carriles que parten desde el continente cercano, en infinidad de luces brillantes, en la pesadilla de hormigón que ya viene rugiendo por el mar y que pasará por encima de esta franja de tierra despoblada y seguirá rumbo al sur, rumbo al mar otra vez.

*

El coronel busca entre unos arbustos, debajo de unas tablas, y aparecen un pico y una pala en el claro de luna. No hacen falta más herramientas para ocultar el trasplante. La verdadera y definitiva prueba del trasplante.

El coronel me muestra el pecho. La herida es un surco inflamado, de color rojizo, atravesado por un tejido de púas a punto de reventar.

—¿Esta chapucería no es una prueba suficiente?

—No —le digo. Y sé que tengo razón.

—Cállate. Vamos a abrir el hueco.

Cavamos. El coronel cava con pasión, con orgullo, con brutalidad. Despliega una energía de otro mundo.

Nos detenemos a una profundidad aceptable. El coronel carga a Vida Guerra y la tumba al borde del hueco.

—¿Alguno de ustedes quiere decir unas palabras?

Yo me encojo de hombros. Yo ni siquiera sé quién es ella. Es mejor decir una teoría. O contradecirla. Pero no digo nada.

(Vida's Life: de La Habana a Nueva Jersey a los inflados globos oculares del espectáculo a la velocidad de los viejos automóviles que no se detienen nunca y de regreso a La Habana otra vez y para siempre y...)

El Autista, como para que nadie más lo escuche:

—Y nadie sabrá dónde encontrarte, Vida Google.

—Guerra —corrijo inútilmente.

El coronel levanta la mano:

—Yo sí tengo unas palabras. Lo que yo tengo que decir es lo siguiente. —Se zafa el cinto, se abre la portañuela, se baja el pantalón y el calzoncillo ripiado. Le sube el vestido a Vida, le arranca el blúmer de encajes y lo arroja al fondo del hueco—. Aunque esté muerta, esta perra va a saber lo que es un macho cubano.

La mano del coronel empieza a gestionar una erección.

—No creo que sea el momento —le digo. El Autista me toca el hombro y me pasa una revista. Es el número de Playboy que tiene a Vida en la cubierta y en las páginas centrales. Realmente no sé de dónde saca esas cosas.

—Ya verás, ya verás... —Arrodillado e incómodo entre las piernas abiertas de Vida, el coronel le manosea el pecho cerrado, le chupa los pezones sangrientos, le mete los dedos en la vagina mientras se sacude el pene, se lo estira, se lo aprieta...

No se le para.

Yo hojeo la Playboy.

Los reportajes, las entrevistas, la ficción...

Pienso en todos los lugares en que habrán sido leídas esas páginas pegajosas (y cómo habrán sido leídas, y cuántas manos). Oficinas. Garajes. Sótanos. Campos de cultivo perdidos en mitad de una carretera remota. Garitas de vigilancia nocturna a lo largo de todo un recorrido de ruinas. La revista ha tenido tiempo para recorrer, de mano en mano, un largo camino hasta el Autista, hasta mí. Es un número viejo, un número de años atrás.

—Vamos, coronel —levanto la mirada y lo observo—. El momento ya pasó.

—No, no... yo sí puedo... ahora sí —y sigue masturbándose sin método y sin pausa y sin lograr una erección decente—. Ella va a saber que me la puedo templar como cualquiera —y con la mano temblorosa presiona su escurridizo glande contra los labios muertos de la vagina de Vida, tratando de abrirse paso—. Tengo su corazón pero sigo siendo... sigo siendo yo... ¿no es verdad? —me mira, nos mira—. ¿No es verdad?

El coronel respira con dificultad. De pronto deja de tocarse la entrepierna y se golpea el pecho con fuerza. Su rostro cubierto de sudor se paraliza en una mueca. Un grito de dolor se le corta en la garganta. Sólo son unos pocos segundos antes de que caiga encima de la playmate como un animal muerto.

Me acerco a él. Busco el pulso en el cuello.

—Un infarto, o algo similar —concluyo.

Empujamos los dos cadáveres a la fosa. Entonces escuchamos ese ruido que viene de lejos y que se acerca, se acerca, se acerca cada vez más.

*

Precedida por un ruido de interferencia, la llovizna electrónica vuelve a alcanzarnos: la gran pantalla se nos viene encima y nos atraviesa y sigue de largo, dejándonos con el brillo y el contraste alterados. On mute. Estoy a punto de echar a correr.

—Creo que deberías ir a ver el televisor —me dice el Autista.

*

Corro hasta la garita. El Noticiero Nacional de Televisión no se ha acabado y no da señales de que se vaya a acabar en algún momento. El coronel le habla a la cámara. El coronel lleva un maquillaje discreto pero eficaz, polvos y pestañas, el pelo bien acomodado sobre los hombros, tetas reales, aretes falsos. El coronel está hablando de un documental próximo a estrenarse, una superproducción; subraya con voz afectada la frase: "prodigio de la ingeniería insular". Subo el volumen. El coronel, luciendo una sonrisa perfecta, anuncia que ya tienen contacto con la reportera Vida Guerra, que se encuentra ahora mismo en...

Retrocedo, tropiezo con una silla, salgo.

Adelante, Vida.

*

La veo, micrófono en mano, acercándose a mí. No hay cámaras, o hay tantas cámaras que ya no puedo verlas. Tampoco sé de dónde proviene tanta luz. A mi izquierda, suspendido en el aire a la altura de mi brazo, está el logo del Noticiero junto a las letras luminosas que dicen LIVE.

Ella camina arrastrando los tacones, uno de ellos torcido y el otro ausente. Tiene el vestido y los brazos cubiertos de tierra coagulada. Los ojos son dos cuentas de cristal opaco. Transporta cucarachas y moscas en el pelo. Todo su cuerpo da la impresión de estar lleno de agujeros por donde entran y salen cosas.

Por supuesto, ya sé lo que me va a preguntar:

—¿Tiene algo que decir acerca de la construcción de la autopista?

Vida Guerra pone el micrófono en mi rostro. Observo las manos huesudas, las uñas que continúan creciendo despintadas y rotas. El perfume se hace intenso.

—No, nada más —respondo. Pero igual pudiera agregar cualquier otra frase. Una versión de última hora. De todas formas nadie va a entender lo que estoy intentando decir.

Hard Rock Live

Pero antes de la autopista, no se sabe por dónde, llegaron los indios seminolas.

Me los encuentro cerca de las ruinas de lo que fue La Tropical. Sobre las ruinas se ha estado preparando el último concierto. El Concierto Despedida de Todo. No más metal extremo, no más broncas multitudinarias y ebrias al final de la noche. Unos muchachos cadavéricos, a los que nunca más volveré a ver, le pegan los mandarriazos finales a un escenario de tablones carcomidos. Tengo en mis manos una hoja impresa: por un lado el programa musical, por el otro la publicidad pirata de la botella de vodka partida a la mitad y con las puntas chorreando sangre.

Absolut La Tropical.

Los seminolas son dos: uno viejo (por las arrugas de su cara puede verse desfilar a toda una tribu de seminolas en marcha de protesta) y uno joven, de rostro abstraído, al que reconozco inmediatamente. Es el Autista disfrazado. Me pregunto qué está haciendo el Autista en compañía de un indio seminola, y por qué está haciéndose pasar por indio seminola en compañía de un indio seminola que parece auténtico.

La Autopista: the movie

Al principio (a lo lejos) parecían cuatro indios seminolas, pero dos de ellos no eran seminolas sino subliminales. No se les podía ver el rostro. No daba tiempo. Explicaron que su función era salir en el documental. Ellos simplemente iban a andar por ahí, de un lado a otro, enviando señales imperceptibles a la mente del espectador en forma de pequeñas cápsulas.

*

Pruebe el refresco Reguetonic. Vaya al bar de la esquina, pida una lata bien fría de Reguetonic y siéntese a compartir con viejos amigos, con amigos entrañables. Comparta con ellos las penas del día de no hacer nada, de nada esperar. Siéntase libre de sentirse cobijado bajo el horizonte del pueblo, el municipio, la provincia, en todos esos lugares donde habrá siempre un refresco Reguetonic esperando por usted.

(Consúmalo con moderación, es su responsabilidad.)

*

—¿Qué estás haciendo? —le pregunto al Autista, que me mira muy serio.

—Buen amigo —me dirige la palabra el seminola anciano—, estamos buscando el Hard Rock Cafe —y despliega frente a mí, solemne, como si fuera una bandera, un t-shirt del Hard Rock Cafe Havana, color rojo desteñido.

—Nosotros venir de muy lejos —entona el Autista—. Nosotros querer encontrar...

—El Hard Rock Cafe ya no existe —le informo al indio—, y tu acompañante lo sabe bien. Lo demolieron. Mira alrededor. Estamos en plan de remodelación total.

El seminola mueve la cabeza, pensativo:

—Mmm... Ya veo. También están llenando de piedras el Estrecho de La Florida. Inmensas piedras, unas sobre otras, por encima de los cayos. Supongo que forma parte del Plan. ¿Qué se esconde detrás de todo esto?

—¿Qué se puede esconder? —pregunto.

—La pregunta es: ¿los hombres-caimanes lo tuvieron en cuenta? No lo sabremos nunca. El Hard Rock Cafe Havana era nuestra última esperanza de conocimiento.

—Puedo llevarte al lugar donde estaba, si te sirve de algo contemplar los restos.

—Buena idea, tú llevarnos —dice el Autista—. Quizás encontrar allí lo que nosotros buscar.

—Tú vienes con él, ¿no? —le digo con una sonrisa falsa, y él asiente, y el otro seminola también asiente, y entonces no hay nada más que hablar—. De acuerdo, en marcha. Caminaremos durante muchas lunas.

—¿Toda la isla? —El seminola reumático se estremece.

—Es un chiste. No podemos hacer un tour ni aunque quisiéramos.

—Menos mal, porque estamos agotados. Ya hemos recorrido todo el mundo. O casi: toda la cadena de restaurantes Hard Rock Cafe.

—¿Qué tienen que ver los seminolas con la cadena Hard Rock Cafe? —pregunto, desinformado.

—¿Bromeas? Hard Rock Cafe International pertenece a nuestra tribu desde tiempos inmemoriales. Hard Rock Cafe es la casa de nuestra tribu.

—¿Y los hombres-caimanes qué son? ¿Una especie de seminolas especializados?

—Puedes verlo así. Fueron el producto de una mutación genética en los Everglades.

—Sus mandíbulas eran lo bastante fuertes al cerrarse como para aplastar los huesos de los animales pequeños, pero tan débiles a la hora de abrirse que era posible impedir que lo hicieran manteniéndolas cerradas con una mano —apunta el seminola Autista, hablándole a la cámara que nos sigue.

—Ya todos están muertos. No llegamos a conocerlos bien. El hombre que mejor los conoció también está muerto. No era un indio, era un escritor. Su nombre en clave era PKD.

—¿El autor de ciencia-ficción? —pregunto.

Pero quién va a ser, si no hay otro. Sin duda alguna se trata de Philip Kindred Dick, el autor de ciencia-ficción. O sencillamente de Philip K. —"Los autores de ciencia-ficción en realidad no sabemos nada. No podemos hablar sobre ciencia, porque nuestro conocimiento es limitado y no oficial, y nuestra ficción es lamentable."— Dick, el Autor.

*

A mediados de los años 70 del siglo pasado, él todavía estaba vivo y estaba comiendo en un restaurante chino en Yorba Linda, California, el pueblo donde creció el presidente Nixon. Allí tomó una galleta de la fortuna y encontró el siguiente mensaje:

LO HECHO EN SECRETO TIENE UNA MANERA DE SER DESCUBIERTO.

Inmediatamente envió el pedazo de papel por correo a la Casa Blanca, mencionando que el restaurante chino estaba ubicado a menos de una milla de la casa donde vivió Nixon.

"Ha habido un error. Creo que recibí la fortuna del presidente. ¿Él tiene la mía?"

Firmado: Philip K. Dick.

("Ese pobre hombre", le diría más tarde a Tessa, su mujer, con lágrimas en los ojos: "Ese pobre hombre encerrado en la oscuridad, tocando el piano para él mismo, solitario y temeroso, sabiendo lo que venía.")

La Casa Blanca nunca le respondió. El FBI ya había dejado de responder a sus cartas. Las cartas que le enviaba la CIA las dejaba sin abrir, por temor a las bombas atómicas en miniatura. La KGB seguía invadiendo sus sueños con luces de colores.

Los hombres-caimanes pensaron: este tipo es bueno.

—Cualquier cosa le servía al agente PKD para desarrollar un esquema de persecución —rememora el indio—. Por eso cuando los hombres-caimanes se pusieron en contacto con él, creyó que se trataba de una organización secreta que planeaba secuestrarlo.

Los hombres-caimanes funcionaban, en efecto, como una organización secreta dentro de la nación seminola. Y ante la resistencia de Philip K. Dick a encontrarse con ellos, pues lo secuestraron. Se lo llevaron de Los Ángeles ("Vivo cerca a Disneylandia", escribió una vez. "Allí siempre están añadiendo nuevas atracciones y destruyendo las viejas. Disneylandia es un organismo que evoluciona.") a los pantanos de los Everglades. Cuando vio a los organismos monstruosos que lo habían raptado, humanoides reptilianos con la piel recubierta de unas escamas duras llamadas osteodermos, cerró los ojos y lo que dijo fue:

"Un amigo mío escribió un libro titulado *Serpientes de Hawaii*. Varias bibiotecas le escribieron solicitando copias. Y bueno, resulta que no hay serpientes en Hawaii. Todas las páginas del libro estaban en blanco. Yo creo que ustedes no existen, son otra alucinación mía. Ustedes son mis páginas en blanco." Entonces los hombres-caimanes le pusieron un libro en las manos. Philip K. Dick tembló. Sintió que llegaba el momento culminante de la pesadilla. Pero cuando abrió los ojos, vio con sorpresa que el libro era una novela de ciencia-ficción, una de sus novelas favoritas, a su juicio una de las mejores novelas de ciencia-ficción jamás escritas.

La novela se llamaba *Campo de concentración* y su autor era Thomas Disch, también conocido como Tom —"Tengo una teoría de clases aplicada a la literatura. Vengo del barrio equivocado para poder venderle algo a The New Yorker. No importa lo bueno que sea como escritor, ellos siempre pueden oler de dónde procedo."— Disch, el Guerrillero Suicida.

*

Tenga siempre una lata de Reguetonic en la nevera. Para combatir el intenso calor, a la vuelta del trabajo, tome una ducha bien fría y siéntese frente al ventilador con un refresco Reguetonic en la mano. Piense en los cayos repletos de hoteles. Piense en mulatas o mulatos ardientes en trusa (la carne quemándose). Deje que el sudor vaya cayendo al suelo como gotas de plomo. Sonría. Beba. Sienta cómo el mareo desaparece, cómo se afloja la presión en la nuca. La cabeza no le va a explotar.

(Inofensivo si se toma en pequeños sorbos.)

*

Caminamos. Yo voy de guía turístico del desastre. Los indios subliminales nos siguen a distancia. Llegamos al sitio marcado HRC en el mapa del tesoro y los indios seminolas se ponen a husmear entre los escombros. Inútilmente.

—¿Esto era? —pregunta decepcionado el anciano—. ¿Nada más?

—Es que era un restaurante comprimido —le digo y recuerdo un poco, un poco nada más, de lo que había allí dentro:

Guitarras Fender colgadas de las paredes, algunas de ellas todavía sin usar, algunas de ellas autografiadas, algunas de ellas autografiadas con una caligrafía extraterrestre o por un rotulador con vida propia. Raras fotografías de bandas extranjeras, bandas que nunca logré identificar, bandas en gira constante por provincias (en festivales patrocinados, sin que nadie se diera cuenta, por una bebida gaseosa: la bebida invisible que se ve al fondo). Un concierto bajo la lluvia y un descampado con tráilers y con vacas. Cinco góticos dormidos en un parque oscuro de Holguín. Cuatro dinosaurios caminando por un boulevard con gafas oscuras, dejándose despeinar por el viento. Un helicóptero que sobrevuela la multitud reunida en un estadio. Un tipo parecido al cantante de Wilco (o cuya expresión evoca la migraña o las adicciones farmacéuticas provocadas por la migraña del cantante de Wilco) luchando con un cangrejo en una fonda de Caibarién. Un tipo parecido a David Foster Wallace con una venda en la cabeza en medio de un cañaveral quemado al norte de Ciego de Ávila. Una bella guitarrista colgada de una cerca metálica: al fondo se ve la Bahía de Guantánamo, aquella zona remota donde hubo un pueblecito llamado Caimanera.

Etcétera.

Fotos y guitarras perdidas. Memorabilia de cuando la isla parecía tour lunático. De cuando la isla era, en lo profundo, un tour traumático.

—La mala suerte, la suerte nuestra —declama el seminola autista—. Llegar siempre tarde. ¿Pero llegar adónde?

Por supuesto que no encuentran nada. Ni debajo ni encima ni alrededor del restaurante derribado.

—Todavía no entiendo qué es lo que buscan. ¿Un libro?

—Es posible que estuviera en forma de libro, de unas páginas impresas, aunque yo lo dudo —al seminola anciano se le han entristecido aún más los ojos, sus arrugas se han hecho aún más visibles—. Es posible que se ocultara tras una forma híbrida o mutante, como los mismos hombres-caimanes que decidieron entregárselo a Dick. No lo sabremos nunca. —Pone una pausa resignada, y agrega—: Lo importante no era la forma, sino el contenido.

*

El secreto de los hombres-caimanes. Algo que sólo ellos sabían. Algo que puede cambiar nuestra visión del mundo. Después de la pausa, vamos allá.

Ron con Reguetonic. Eso es. El trago favorito de las fiestas. El aliado poderoso de los bailes populares. Emborráchese a gusto, vomite sin pena, vomítese encima si es necesario, pero sienta la calidad y la pureza de ese vómito. Pierda el conocimiento, qué más da. Al día siguiente usted no estará solo, usted estará unido para siempre a muchos bebedores en la resaca de todo el país, y esa unión indestructible se llama Reguetonic.

(Para mezclar con otras bebidas, no exceda la dosis recomendada.)

*

—Conspiración y complot... —empieza diciendo el indio, y tal parece que esas palabras de hombre blanco no le satisfacen, son ilustrativas pero insuficientes—. Escuchamos teorías de conspiración y complot por todos lados. Pero los hombres-caimanes habían accedido, no se sabe por dónde, a la Teoría Unificada: la Teoría a partir de la cual podían desarrollarse todas las otras, en la cual todas las otras estarían de cierto modo contenidas, como células vivas. Sí, los hombres-caimanes tenían en su poder un caldo primigenio, una matriz, un punto de ignición...

Era espeluznante. Era demencial. Era inconcebible. Tenía que ver con los flujos del dinero, con los desplazamientos del capital, con las economías de mercado. Tenía que ver con un mapa, si suponemos algo parecido a un mapa del tesoro donde el tesoro está moviéndose por todas partes o donde al final no queda claro qué es el tesoro. Los flujos del dinero son, en ese mapa, como autopistas. Hay intersecciones, rizos, desvíos; pero también velocidades, caídas abruptas, saltos de dimensión. Y hay como una trama oculta detrás de todo eso, una trama que salta a la vista como esas manchas bidimensionales y aparentemente caóticas en las que surge de pronto una figura con relieve cuando uno cambia el foco de la mirada. Y por supuesto, en los nudos o los nodos de esa gigantesca red laten los fetiches, las ideas fijas, los cuerpos apresados de todos nosotros. Sobre todos nosotros se están llevando a cabo experimentos que nunca seremos capaces ni siquiera de imaginar.

¿Pero qué, o quién, o quiénes, y por qué y para qué?

Philip K. Dick se sentía cada vez más lejos de Disneylandia (y Disneylandia está en todas partes). Los hombres-caimanes le dijeron: paso a paso, ten calma, y Philip K. Dick les dijo: es que me voy a volver loco, y ellos replicaron: hay muchas maneras de volverse loco, ¿no te has dado cuenta?, y Philip K. Dick les preguntó si la verdad estaba "ahí afuera", si la verdad yacía en "el desierto de lo real", y los hombres-caimanes le dijeron que estaba bueno ya de preguntas imbéciles. Había que actuar.

En caso de que actuar fuera posible.

—Creemos que la conjura entre el agente PKD y los hombres-caimanes —termina el indio con voz grave— consistía en esperar determinada fecha, un evento futuro que marcaría el inicio de una maquinación subversiva y potencialmente liberadora en la que él iba a desempeñar un rol fundamental. Creemos que esa fecha tuvo lugar a comienzos de este siglo. Pero el agente PKD ya estaba muerto. Murió pocos años después de su encuentro con los hombres-caimanes.

Antes de morir intentó suicidarse dos veces. Antes de morir escribió varias novelas en las que no dejaba traslucir nada relacionado con la conjura, aunque sí muchas otras cosas. Demasiadas.

Luego empezaron a morir los hombres-caimanes, uno tras otro, un fallo tras otro en la maquinaria de su anómala fisiología. El último de ellos reveló que el secreto había sido escondido en el último lugar donde a alguien se le ocurriría buscarlo: el último Hard Rock Cafe.

El Hard Rock Cafe Havana.

*

El Autista rompe el silencio:

—Sangre fría.

—¿Cómo? —pregunto.

—Los hombres-caimanes eran unos seres de sangre fría.

Yo saco la hoja impresa y se la muestro al indio, que dice:

—No puedo leer. Demasiada oscuridad para mis ojos. ¿De qué se trata?

—Es el programa de un concierto de rock esta noche. Creo que deberíamos ir.

—¿Por qué?

—Aquí ponen que va a tocar un grupo llamado The Caimen.

Y regresamos los tres a las ruinas de La Tropical.

*

¿Cansado? ¿Debilucho? El nuevo refresco Reguetonic es la solución. Contiene vitaminas, minerales, antidepresivos, es el complemento nutricional de moda. Diseñado especialmente para potenciar el vigor. No permita que le arrebaten su cuerpo ni los cuerpos de los otros. Conviértase en una máquina efervescente, en una aplanadora del sexo. Pruebe la nueva bebida nacional: concentrada, energizante, hormonal...

(Evite el consumo prolongado.)

*

Unos reflectores se encienden en cuanto llegamos. Sobre el escenario no hay nadie todavía, pero las cámaras ya están apuntando.

Surge de pronto una niña: 6-7 años, calculo. Rubia. Se pone a trasladar unas consolas muy pesadas para su edad. Tiene una fuerza extraordinaria.

—¿Tú los conoces, los has visto, los has escuchado antes? —me interroga ansioso el indio.

—¿A quiénes? —me he perdido por completo mirando a la niña prodigio. Es como una pequeña modelo en su pasarela electrónica.

—The Caimen... ¿Son una banda de aquí?

—No tengo idea. Es la primera vez que los oigo nombrar.

Una cámara se nos acerca.

El Autista empieza a hablar.

Habla para él mismo. Habla para el documental.

Habla de una búsqueda hasta el fin. Habla del secreto de los hombres-caimanes transmutado o dispersado en inocentes lyrics. Habla del diagrama diabólico de la circulación del dinero, del plano en clave de un inmenso continente, de las autopistas-fluidos que virtualmente lo explicarían todo.

Y habla de todo eso como un indio.

Y quizás no debería hablar de esas cosas de ese modo (ni de ningún otro modo). Por si acaso.

Mientras tanto, la niña ha bajado del escenario y se ha reunido con nosotros. Pero de nosotros el que motiva su atención es el indio verdadero. No se deja engañar. Extiende las manos y toca y acaricia el rostro del viejo piel roja, que cierra los ojos plácidamente y permite que la niña deslice la punta de los dedos por sus arrugas, como una ciega que leyera algo en su piel. La cámara, tal vez sin querer, capta toda la escena.

—¿Quién eres? —pregunta el seminola sin abrir los ojos.

—Soy la Dj del concierto —responde Little Miss Dj.

El concierto que está por comenzar para dar cuenta (me estremezco) de lo último del rock cubano.

Pienso:

Los rockeros cubanos como el eslabón perdido de una cadena más alimenticia que evolutiva.

Los rockeros cubanos que una vez cantaron y grabaron aquello de: "marchamos todos juntos con la plaza llena / delante flota la bandera / la lleva una niña con las tetas afuera..."

Los rockeros cubanos en un videoclip pretencioso donde sale una gigantesca mujer-robot que no es otra que la Virgen de la Caridad del Cobre.

Los rockeros cubanos construyen, piedrecita a piedrecita, un restaurante temático cuyo tema son ellos mismos o la ausencia minuciosa de tema: un restaurante temático que en realidad es la tapadera de un estudio de grabación independiente o de una emisora de radio pirata, que a su vez es la tapadera del verdadero negocio: un casino fastuoso (conectado a una red de prostitución) donde los rockeros cubanos se juegan todas sus fichas: unas fichas diminutas, fáciles de ocultar, que más bien parecen guijarros o cuentas de colores.

Los rockeros cubanos al otro lado de los telescopios más potentes.

Los rockeros cubanos sometidos a hipnosis, regresando a la escuela, recitando poesía en el matutino.

Los rockeros cubanos traficando con los archivos de casos no resueltos del Ministerio del Interior.

Los rockeros cubanos confiesan: ya no somos rockeros, ya no somos cubanos.

Los rockeros cubanos mantienen encendida la memoria del rockero cubano que se subió al faro del Morro y cambió las coordenadas del chorro de luz y no bajó más nunca: se mantuvo allá arriba solitario hasta la muerte mirando hundirse todos los barcos.

Los rockeros cubanos mirando el último parte del tiempo.

Los rockeros cubanos carbonizados por combustión espontánea.

Los rockeros cubanos tan llenos de rabia como vacíos de maldad.

Los rockeros cubanos estrangulados con sus propias cuerdas (vocales).

Los rockeros cubanos en estado catatónico.

Los rockeros cubanos que nunca leerán esto.

Los rockeros cubanos ya no tienen pesadillas.

*

Un helicóptero se posa sobre La Tropical y deja caer una escalerilla.

Por la escalerilla desciende, directo al escenario, Twiggy Ramírez.

Twiggy Ramírez luce viejo y esquelético y definitivamente parece mucho más Twiggy que Ramírez, tiene más de modelo destruida que de asesino serial, más de víctima que de verdugo. Parece acabado de bajar de un planeta antiguo, en donde recibió una paliza. Parece como si se hubiera tragado él solo todo el circuito thrash-metalero de La Florida y lo hubiera vomitado después.

Twiggy se cuelga su guitarra Gibson y empuña el micrófono. El público somos los indios seminolas, los indios subliminales y yo. Cinco personas, dos de las cuales no se captan a simple vista. De todas formas él grita:

—¡¡Un saludo para toda la tribu!!

Seguido de:

—¡¡Buenas noches, Havana!!

Seguido de un profundo silencio por parte del público.

—Ok, malas noticias, las bandas que estaban programadas esta noche no van a tocar. Francamente, no sé qué les pasó. Debe haber sido algo terrible. Aunque si lo piensan un poco, puede que sean buenas noticias en lugar de malas, ¿no? —Twiggy mira a la niña, le hace un guiño con un párpado inflamado y agrega—: Yo estaré aquí para ustedes llenando el hueco, en compañía de Niña Dj. Vamos a improvisar, ella y yo, en vivo, para todos ustedes. Vamos a hacer, improvisando, mucho más que un concierto: vamos a hacer un desierto. ¿No es verdad, Niña Dj? ¡¡¡Arriba La Tropicaaaaaal!!!

*

Trato de confortar al seminola. De todas formas, le digo, para escuchar a The Caimen hubiéramos tenido que aguantar una docena de bandas espantosas. El viejo sigue con los ojos cerrados, no sé si me escucha, pero asiente con la cabeza. No necesita de las palabras. Da la impresión de estar escuchando otra cosa, un sonido en otra escala. Da la impresión de estar listo para morir ahora mismo, en el próximo instante. Y morir feliz.

*

Yo soy Reguetonic. Antes de que La Autopista existiera, yo existía. Yo soy el verbo, y mi nombre no puede ser pronunciado. Es un nombre que nadie conoce. Me llaman Reguetonic, pero Reguetonic no es mi nombre. Soy. Seré siempre.

Transmetal

La autopista necesita constructores. Los nativos necesitan dinero.

El Autista se presenta en la oficina de contrataciones. Allí lo recibe una mujer robusta, tallada en mármol blanco con cincel y martillo.

El Autista sale al poco rato, temblando:

—Me han despedido.

Ni siquiera lo contrataron. La mujer le aplicó un test de inteligencia y luego un test psicométrico de personalidad y le dijo que no estaba apto para el trabajo.

—El trabajo es mover cosas de un lugar a otro —replicó el Autista.

La mujer, firmando un papelito, le dijo que lo iba a remitir a un lugar donde podían ayudarlo. Ellos tenían *especialistas*. Le dijo que la Dirección había establecido normas muy claras con relación a las personas que convenían o no al proyecto constructivo de la Gran Autopista.

—La Dirección —repitió el Autista, con esa peculiar manera repetitiva suya que confirma de inmediato el diagnóstico que se tiene de él, cualquiera que sea éste. La mujer, por su parte, no supo decirle quiénes integraban esa Dirección, ni desde dónde dirigían, ni cuáles eran esas normas.

Ahora entro yo a la oficina. La mujer me mira y me pide que no le haga perder el tiempo: no puede contratarme.

—¿Por qué?

—Usted sabe bien por qué. ¡El próximo!

*

No podemos trabajar en la construcción, pero podemos ir a mirar a los robots transformers. Constructicons, les llaman. Son enormes. Caminan sobre el terreno devastado como bestias de guerra. Son los pesos pesados de la ingeniería nonfiction que se está filmando. De lejos parecen juguetes. Levantan y desplazan estructuras, y de cuando en cuando se transforman con estilo en bulldozers, excavadoras, camiones de volteo, concreteras, aplanadoras, grúas, etcétera.

*

Los obreros se cuidan de no ser pisoteados por los transformers. Atraídos por el trabajo de dimensiones históricas, han venido no sólo del norte, sino de todas las proximidades de la zona. Hormiguean obreros mexicanos, centroamericanos, dominicanos, haitianos, puertorriqueños; nativos de las Bahamas, de Gran Caimán, de Jamaica, de las islas y las costas pisoteadas con furia por los huracanes.

*

Se me acerca un tipo de acento mexicano:

—¿De qué brigada eres tú, compañero?

—No estoy trabajando.

—No te aprobaron en el casting.

—¿Cuál casting?

—Los hijos de su chingada madre ni siquiera dan la cara.

—A un amigo mío lo mandaron directo a psiquiatría —me sumo a la protesta—. Probablemente a esta hora ya lo tengan encerrado en una celda.

—Tienen buenas instalaciones médicas, eso sí. Unos campamentos donde hay de todo. La droga que te haga falta. ¿Qué te hace falta? Yo no soy de esos, pero conozco a los que son.

—No estoy buscando comprar nada. No tengo dinero.

—¿Quieres ganarte unos pesos, entonces? Yo necesito otro ayudante.

El mexicano, de nombre Hu Jintao, había llegado a la isla en compañía de un cincuentón lampiño que respondía al nombre de Poppy. Hu Jintao era ingeniero y pertenecía al grupo de los tecnócratas, como se conocía popularmente a los que manejaban y/o reparaban transformers. Poppy lo asistía en sus tareas con tanta dedicación como inoperancia. No entendía de máquinas. No entendía a los transformers.

—Pero cocina muy bien, y le tengo cariño —me dice Hu Jintao—. Poco tiempo después de conocernos me dijo que se había enamorado de mí. Yo le aclaré que era 100% heterosexual, pero que podíamos ser amigos. Desde entonces ha sido un compañero fiel. Lo que pasa es que me pone nervioso. No sé cuál es su historia, sólo que viene de los Estados Unidos. Creo que Poppy no es su nombre verdadero. Creo que es un fugitivo.

La Autopista: the movie

Empieza a rodar entre los trabajadores un rumor en inglés y en español de que *something* se aproxima. Los radares lo han visto. Nadie sabe con certeza qué radares son ésos, ni dónde están situados, ni mucho menos qué es lo que han visto. Pero se aproxima.

Y un buen día aparece en el horizonte, hacia el oeste, bajo las nubes del Golfo.

Es una mujer gigantesca, descomunal...

Es una mujer de estatura troposférica.

—¡Es un robot! —gritan unos.

—¡Es una muñeca inflable! —gritan otros.

—Es un huracán —dice Hu Jintao, y todos lo miran boquiabiertos. El mexicano se vuelve hacia mí con el rostro deformado por el terror, y agrega—: Esto es lo que trataba de decirte. Esto es lo que hace la máquina de la isla.

*

En la Universidad Tecnológica de Cancún, Hu Jintao había sido alumno de un sabio científico. Más que sabio: un genio científico. Hu Jintao se refería a él simplemente como el Profesor. Un viejito de barba blanca y aspecto frágil, con su aura de celebridad local siguiéndole a todas partes. Hu Jintao le profesaba una admiración absoluta.

Un día el Profesor lo invitó a unirse a un proyecto secreto. Hu Jintao aceptó inmediatamente, por supuesto, y partió con el Profesor rumbo a Isla Mujeres. Al llegar allí, se encontró un laboratorio inmenso equipado con la más alta tecnología. Una tecnología con la que jamás soñó.

—Híjole, no sabía que existía un laboratorio como éste en México —dijo cuando recuperó el habla y el acento—. Ni en ninguna otra parte del mundo.

—Son pocos los que saben —le dijo el Profesor—. A partir de ahora debes guardar el secreto, o te costará la vida.

—¿Usted es el jefe de todo esto?

—Sí, puedes considerarme el jefe. Y el ángel guardián. Yo soy el cerebro. Yo soy el origen. Yo soy el creador de todo esto. ¿Sabes cuántos años llevo trabajando aquí?

—¿Trabajando en qué, Profesor? —Hu Jintao empezaba a ponerse nervioso.

—Por aquí. Te mostraré algo que te va a gustar... O no.

Descendieron a niveles subterráneos. Pasillos. Salas de control con largos paneles. Algunos operarios de bata blanca, bastante pocos dada la magnitud de aquello, y casi todos chinos. Finalmente llegaron a una especie de horno microondas cuyo tamaño excedía cualquier comparación. Los planos lo mostraban conectado a un embudo kilométrico (semejante a un acelerador de partículas) que iba a parar al Mar Caribe, al Canal de Yucatán.

—Aquí metemos los huracanes, y los transformamos —dijo el Profesor.

El procedimiento involucraba aviones de reconocimiento que "capturaban" el huracán, la esencia huracanada, mediante un escaneo profundo de su estructura y sus variables. Todo lo cual era reproducido en el microondas.

—¿En qué se transforman?

—Depende del nombre. A los que traen nombre femenino los transformamos en mujeres, unas mujeres un poco excesivas, pero

¿qué se puede esperar de una mujer que tiene el ADN de un huracán? A los que traen nombre masculino, sin embargo, no hemos logrado transformarlos ni en hombres, ni en nada serio. No funciona igual. Ignoro por qué sucede esto. Ahí es donde entras tú. Tu trabajo va a ser encontrar el fallo, ayudarme a resolver esa pequeña dificultad.

Pero lo que Hu Jintao encontró en la isla fue otra cosa. El amor. Desde que vio a la hija del Profesor, no pudo pensar más en el problema de la transformación en sentido masculino. Ni en el género masculino en sentido general.

El Profesor se la presentó como su hija, pero Hu Jintao dudaba que lo fuera. Tenía edad para ser su nieta, y por otra parte, no se parecían en nada. Mientras que el Profesor semejaba un ex-funcionario nazi con su piel blanquísima y sus ojitos azules aumentados por el grueso cristal de los espejuelos, ella era una india voluptuosa de grandes ojos negros y grandes pechos, una auténtica belleza sin colonizar. Hu Jintao pensó en Ixchel, la diosa maya. Y como si le hubiera leído el pensamiento, el Profesor le dijo que su hija era, en efecto, la diosa Ixchel, pero que cariñosamente la llamaba Chely.

Como era de esperar, Hu Jintao y Chely se hicieron amantes. A escondidas del Profesor. Hu Jintao no veía razón alguna para esconderse, pero Chely le dijo que era mejor que su padre no se enterara tan rápido, y le pidió que confiara en ella, y él aceptó mantener la relación en secreto pensando que el secreto no demoraría en hacerse público.

Fue el Profesor quien no demoró en descubrirlos desnudos en la cama.

—¡Traidor! ¡Así es cómo me pagas todo lo que he hecho por ti! ¡Robándole la virginidad a mi hija!

Hu Jintao, estupefacto, pensó que se trataba de una cámara oculta. ¿Qué otra cosa podía ser? Pero el Profesor ya se abalanzaba sobre él con un cuchillo, así que optó por salir corriendo de la habitación.

El Profesor salió corriendo detrás de él. Desde que llegó a la isla, Hu Jintao había notado ciertos cambios en la personalidad del científico. Era como si empezara a brotarle por los poros el cliché de científico loco y malvado que quiere conquistar el mundo. Ahora se dio cuenta de que el psicópata había despertado por completo.

Y era un psicópata incansable. Hu Jintao, con el Profesor persiguiéndolo, corrió hasta el agotamiento por todo un laberinto de instalaciones absurdas. Finalmente se escondió en un almacén y allí, por suerte, Chely lo encontró primero.

—Tienes que irte, mi amor. Te dibujé un plano para que sepas cómo llegar al yate que está anclado en el otro extremo de la isla. Embarca rápido y vete de aquí lo más lejos que puedas.

Hu Jintao comprendió que ya era tarde para restituir la cordura.

—No me dijiste que eras virgen, Chely.

—Porque nunca lo he sido, lo que más o menos equivale a serlo durante siglos. El plan católico, ¿entiendes? Virgen santísima y todo eso. Pero ya no importa. De todas formas, sin moverse de aquí, mi padre va a buscarte, y donde quiera que te encuentre, sin moverse de aquí, te va a matar.

El yate zarpó de Isla Mujeres, pero no llegó muy lejos. En cuanto el fugitivo descubrió (allá por Cayo Largo, a la entrada del Golfo de Batabanó) los pilares de lo que parecía iba a ser una gran autopista por encima del mar, se olvidó por completo de la huida. Había encontrado el proyecto titánico que se ajustaba a sus capacidades.

Hu Jintao se ofrece de voluntario para hacer frente al huracán. Si alguien tiene que hacerlo, le dice a los tecnócratas y obreros congregados, ese alguien es él. El huracán ha venido en su busca. El huracán está ahí para matarlo. Pero él va a luchar por su vida, y va a luchar por el futuro, porque no se detenga un metro la construcción. Hay que impedir que el huracán arrase con todo. (Ya todo ha sido arrasado.)

*

Llovizna. Se levanta el viento.

Voy a refugiarme con Poppy en el fondo de un contenedor.

Creía que el mexicano estaba aterrorizado. Poppy está más aterrorizado todavía.

—No va a pasar nada que no haya pasado antes —le digo—. Y después, aunque no lo creas, seguiremos aquí.

En el campo de batalla, un subgrupo de transformers llamados combiners han combinado sus cuerpos, uniéndose para crear un super-robot transformer mucho más grande, más fuerte y más poderoso. Y allá arriba, en la cabeza, detrás de los ojos, está situada la cabina donde el mexicano controla los movimientos.

Acercándose al super-robot, la prodigiosa Mujer Huracán: vestida con un babydoll rasgado, agujereado, ripioso, cuyo escote apenas contiene el par de tetonas, y dos botas rosadas y brillantes que estremecen la tierra a cada paso. Lleva un maquillaje heavy y el pelo largo, rubio, suelto...

—Tremendo look —comento.

Poppy está al borde del colapso nervioso.

Sin embargo, dice:

—Se parece al estilo kinderwhore. Es la burla de una burla.

—¿Cómo? —Primera vez que lo oigo hablar. Tiene la voz muy fina.

—Prostituta de kindergarten. Niñita puta. Una imagen que usaron las bandas femeninas de punk rock en los Estados Unidos durante la última década del siglo XX. Courtney Love fue una de las primera en popularizarlo.

Empiezo a entender mejor el miedo de Poppy.

—Ella... el huracán... ¿es Courtney Love?

—No. Ella es Katrina.

*

En los tiempos antediluvianos, Poppy era feliz en Nueva Órleans. Tenía una exitosa carrera como escritor y vivía en una linda casa en el barrio francés con su pareja, un chef que también disfrutaba del éxito profesional (Poppy se refería a él como "su esposo"). Entonces llegó el Katrina y Poppy se mudó a un lugar seguro del otro lado del Mississippi, y a las pocas semanas regresó a Nueva Órleans y reparó su linda casa y parecía que todo volvería a ser como antes.

Pero no.

Ya nada iba a ser como antes.

Porque ahora estaban los muertos.

Los muertos del Katrina empezaron a aparecerse en los sueños Poppy. No lo dejaban dormir. Entonces Poppy se levantaba de la cama y ponía el televisor y escuchaba a los predicadores. Uno de ellos, Fred Phelps, fundador de la Westboro Baptist Church, afirmaba que

Katrina había sido el castigo de Dios por los Pecados del Sur, o por todos los Pecados Unidos, y en particular por los homosexuales:

"New Orleans, symbol of America, seen for what it is: a putrid, toxic, stinking cesspool of fag fecal matter. Pray for more dead bodies floating on the fag-semen-rancid waters of New Orleans!"

Los dead bodies se le aparecían a Poppy, a un Poppy cada vez más despierto, en la bañera, sobre los muebles, bajo las camas, tras las cortinas, dentro de la nevera del restaurante de su esposo...

Algunos dead bodies estaban muy descompuestos: eran malolientes e inexpresivos. Otros *dead bodies* eran los clásicos muertos vivientes. Zombies de los pantanos con la piel cubierta de lodo.

Y los zombies le decían: Ahora escribe.

Y los zombies le decían: ¿Has visto el horror? ¿El horror? Watch and learn.

Ahora es cuando es. Ahora ya sabes lo que tienes que escribir. Ahora vas a saber lo que es escribir.

Poppy lo supo, sí, pero no pudo hacerlo. No fue capaz de escribir una palabra y le falló a sus lectores: las chicas alternativas que leían sus libros en las universidades sureñas, los chicos góticos, fans de Marilyn Manson, que inmediatamente después del huracán, cuando aún no había noticias, se organizaron para recolectar fondos y enviarle víveres y, llegado el caso, para trasladarse a la zona y buscar su cuerpo en las morgues. Le falló a los muertos, a todos esos cuerpos que flotaban esperando por historias que desatascaran las tuberías, los muertos que nunca (lo comprendió ya sin aliento, temblando, sudando, desfalleciendo) dejarían de perseguirlo para que escribiera. Entonces huyó.

Pero tenía que huir radicalmente.

Paso uno: abandonar Nueva Orleans, abandonar el país.

Paso dos: cambiar de identidad, hacerse una operación de cambio de sexo.

—Ah, sí, yo nací siendo mujer —me cuenta Poppy—. Aunque viví muchos años como mujer biológica siempre me sentí por completo un hombre, sólo que no trataba de vestir como tal ni de parecerlo exteriormente. ¿Para qué? Hasta que no me quedó más remedio...

En algún lugar de Texas, antes de cruzar la frontera e internarse en México, Poppy Z. Brite, cuyo nombre verdadero es Melissa Ann Brite, ex-escritora de best-sellers, ex-abanderada de las libertades femeninas, ex-modelo y ex-stripper, quien una vez escribió en su blog que se sentía confortable con el término "non-operative transsexual", se puso a dieta de testosterona, se hizo la cirugía de reasignación sexual y se sacó el hombre de adentro: el hombre que ella siempre había sido.

Y ahora, a correr con él.

*

En la última década del siglo XX, Poppy Z. Brite en su versión femenina alcanzó cierta notoriedad en el género de horror.

Lost Souls, su primera novela, iba de vampiros. Vampiros en clave neogótica e hipersexuada, con algunas innovaciones respecto al modelo de Anne Rice: los vampiros viejos tienen los colmillos afilados, como corresponde, son sensibles a la luz solar y no pueden ingerir alimentos ni bebidas; los vampiros jóvenes, en cambio, tienen dientes humanos normales que deben afilar por su cuenta, son insensibles a la luz solar y pueden comer y beber lo que les apetezca. Nothing es un vampiro adolescente, criado entre humanos, que anda en busca de su verdadera familia. El padre de Nothing (y al mismo tiempo su amante) es Zillah, un vampiro andrógino descrito como una criatura increíblemente hermosa, con uñas negras y piercing en los pezones.

Drawing Blood es sobre un artista de cómic y un hacker bisexual y un pueblo perdido de Carolina del Norte. Una leyenda urbana refiere que en el incendio de un establecimiento de correo de Los Ángeles, varias copias de esta novela se impregnaron de olor a carne quemada y un comerciante las vendió como objetos coleccionables.

Exquisite Corpse contiene canibalismo, necrofilia, vudú, muchachitos frívolos y lujuriosos. Pero es una novela de amor. El protagonista es un serial killer gay (basado en el psicópata Dennis Nilsen) que encuentra a su alma gemela (basada en la del psicópata Jeffrey Dahmer) en el barrio francés de Nueva Órleans. La historia de estos dos hombres, según nota de contracubierta, "leaves a trail of blood from London to the USA".

The Lazarus Heart está basada en el universo y los temas de *The Crow*, la serie de cómic que creó James O'Barr, metalero de Detroit, en un esfuerzo por superar la muerte de su novia atropellada por un conductor borracho. El personaje nacido de esa depresión, El Cuervo, se convirtió en el icono del momento de la cultura gótica. Un gay llamado Jared es ejecutado injustamente por el asesinato de su amante, y El Cuervo lo resucita para que pueda vengarse ajusticiando al verdadero asesino. Ayuda a Jared en esa misión el hermano gemelo de su amante, un transexual ya convertido en mujer, o sea, que en la práctica es la hermana gemela de su amante. Después de la novela vino la película, *The Crow: Salvation*, que trajo la primera incursión de Kirsten Dunst (la gemela transexual) en un rol procedente del cómic antes de la saga Spiderman.

Plastic Jesus cambia un poco la música. Es una historia de los años 60. Seth y Peyton, cantantes de un cuarteto de rock llamado The Kydds, se enamoran profundamente y hacen pública su relación después de los disturbios de Stonewall, poniendo en riesgo la popularidad de la banda. Por supuesto, de lo que se trataba era de hablar paralelamente de los Beatles y de una hipotética relación íntima entre John y Paul. Por supuesto que siempre hay que hablar, paralelamente, de otras cosas.

*

—Todo esto por el cambio —dice alguien.

—¿Qué cambio? —pregunta otro.

—El cambio climático. El calentamiento local.

El combate va parejo y calentándose. Katrina y Hu Jintao Transformer saltan de un lado a otro en un torbellino de golpes. Katrina está llena de moretones y abolladuras por los impactos del metal, pero nada más. Un observador imparcial apostaría por ella sin dudarlo. Aunque sólo fuera por esas patadas bestiales que estremecen la cabeza de su oponente y que dejan ver allá en el cielo, bajo la nube blanca de sus muslos, la fugacidad fulminante de un blúmer infantil.

—Debe haber alguna palabra japonesa para este tipo de visiones...

—No son visiones, güey. Son presiones.

*

Más adelante Poppy Z. Brite cambia de género: se mueve hacia la comedia negra. Es el momento de novelas como *Liquor*, *Prime* y *Soul*

Kitchen, ambientadas en el universo gastronómico de Nueva Órleans. Los protagonistas son dos cocineros gays adictos al tequila.

*

Oficialmente ya somos zona de catástrofe. Lo que siempre hemos sido. El aire que respiramos en los contenedores se impregna del olor de la violencia...

—El gobierno de Estados Unidos controla los huracanes. Con aviones y sondas y cosas así. Programan la intensidad y el recorrido.

—Si Hu Jintao está en la cabeza del Transformer, ¿quién está en la cabeza de la Rubia?

—Las rubias, por muy grande que sean, no tienen nada en la cabeza.

—¿Quién las maneja?

—Son por control remoto...

—Lo importante no es quién las controla, sino cuál es su misión.

—Esto es para retrasar la Gran Autopista, pueden estar seguros.

—¿No entendiste nada de lo que dije? ¿El gobierno de Estados Unidos?

—En estas condiciones nada se entiende muy bien. Es algo que está en el aire.

*

Fuera del ámbito de la ficción popular (aunque no lejos del todo), Poppy Z. Brite escribió artículos, ensayos, recetas de cocina. Escribió *Courtney Love: The Real History*, una biografía de la viuda de

Kurt Cobain. Pero como ninguna historia es the real history, es de suponer que Courtney Love la odiara con todas sus fuerzas. Años después la viuda publica *Dirty Blonde: The Diaries of Courtney Love*, un libro de memorias que contiene poesía, letras de canciones, apuntes, notas, fotos, recortes, collages, cartas, e-mails, etcétera.

"I found my inner bitch and ran with her."

"I like some testosterone in rock, and I'm the one in dress who has to provide it."

"I'm not a woman. I'm a force of nature."

Alrededor de Katrina y Hu Jintao, girando como proyectiles: pedazos de tablas, planchas de cinc, tanques de plástico, cascos y herramientas, ladrillos, cuerdas, cables, sacos viejos, bolsas de un supermercado en el fin del mundo, montones de basura y algún que otro humilde trabajador antillano, náufrago y desnudo y con las vértebras rotas.

—Él decía que aquella india era una diosa —me dice Poppy—. Pero lo más parecido a una diosa que va a ver en su vida es eso que tiene delante y que lo va a matar.

Una diosa sucia, en una pelea sucia. Katrina tiene una fuerza y una agilidad imbatibles. El Transformer se levanta del barro una y otra vez con los mecanismos estropeados. El Transformer lanza cohetes, dispara rayos, intenta escudarse con inútiles campos de fuerza...

—No está perdido todavía —le digo a Poppy. Pero él sabe que es mentira. Es la hora del recuento final.

Conoció a Hu Jintao en la Riviera Maya (después de haber recorrido todo México hasta abajo, profundizando en esa tradición norteamericana que es la huida hacia el sur). En poco tiempo estrecharon amistad. Bebieron tequila. Compartieron piso. Poppy decidió establecerse un tiempo, buscar trabajo en los hoteles, aprovechar esa oportunidad que el amor le brindaba. Hu Jintao toleraba fácilmente que él fuera homosexual, lo que no toleraba eran los libros que él leía para aprender español: traducciones de novelas de viejos colegas suyos. Hu Jintao le decía que todo eso era mierda comercial, literatura de estaciones de ómnibus y gasolineras.

—Entonces echaba mano a un libro de Kafka —recuerda Poppy— y me leía fragmentos del relato titulado "Sobre la construcción de la muralla china". Su favorito.

*

"En aquel entonces era máxima secreta de muchos y aun de los mejores: Trata con todas tus fuerzas de comprender las disposiciones de la Dirección, pero sólo hasta determinado límite; allí cesa de reflexionar."

"En la oficina de la Dirección (nadie de los que interrogué supo decirme dónde estaba y quiénes se sentaban allí) giraban todos los pensamientos y deseos humanos y en círculos contrarios todas las metas y realizaciones."

"La Dirección existió desde siempre, lo mismo que la decisión de construir la Muralla. ¡Inocentes pueblos del norte, que creían haberla provocado; inocente y venerable emperador que creía haberla ordenado! Nosotros, los de la construcción, lo sabemos mejor y callamos".

—Era ingenuo y encantador —agrega Poppy—. Como un niño.

Katrina lo golpea sin piedad, y lo disfruta. Como una niña.

Katrina lo araña, saca chispas al metal, abre rajaduras...

Katrina se mueve con tanta velocidad que se hace invisible.

—Después vino lo del trabajo en la isla misteriosa. —Poppy se fue a Isla Mujeres con Hu Jintao. No tenía nada que hacer salvo aburrirse en una cabaña cercana al laboratorio, y esperar. Hu Jintao se iba a trabajar por las mañanas y al regreso no paraba de hablar de la india divina, la india de proporciones porno. Y una tarde la india se apareció en la cabaña, la bendita Miss México en persona (que por supuesto era tan ordinaria como cualquier otra hispana), y le comunicó a Poppy que Hu Jintao la había mandado a decirle que se reuniera con él en un yate anclado en la costa. Allí estuvo Poppy esperando durante dos días que le parecieron dos meses, hasta que vio llegar a Hu Jintao corriendo. Desnudo.

Zarparon.

El final de su viaje es esta catástrofe.

Ahora, cuando ya es demasiado tarde, unos aviones militares acuden en ayuda del Transformer. No está claro qué se proponen hacer. ¿Confundir? ¿Enfriar? Katrina suelta sus formidables manotazos de categoría 5 y los manda a estrellarse.

—Pero hay algo que él no sabe —me dice Poppy.

—Estoy seguro de que hay un montón de cosas que ninguno de nosotros sabe, ni va a saber nunca —le digo con pesadumbre, mirando los aviones.

—Esto no es por culpa de la india. Esto es por mi culpa.

"Brite describes sumptuous meals at swanky restaurants and icy death with equal aplomb, and her stories are spirited and snappy." (Booklist.)

Entre los libros de Poppy Z. habría que mencionar también *Wrong Things*: volumen de relatos escrito a cuatro manos con Caitlin Kiernan, una translesbiana de Providence, Rhode Island, la patria de Lovecraft.

Ex vocalista y letrista de Death's Little Sister (referencia a un personaje de Neil Gaiman), una banda sureña de goth-folk-blues con base en Georgia, Kiernan posee un radio de alcance que abarca la ciencia-ficción y la llamada dark fantasy, la escritura industrial para DC Comics y la paleontología. Fue ella quien describió el Selmasaurus russelli, una especie nueva de mosasaurio (mosasaurio quiere decir "monstruo terrorífico"). En el Journal of Vertebrate Paleontology escribió sobre los mosasaurios del Profundo Sur en un artículo titulado: "Stratigraphic distribution and habitat segregation of mosasaurs in the Upper Cretaceous of western and central Alabama, with an historical review of Alabama mosasaur discoveries."

Los mosasaurios fueron grandes reptiles carnívoros que vivieron en todos los océanos del mundo durante el cretácico superior.

Caitlin Kiernan escribió una vez en su blog:

"I'm getting tired of telling people that I'm not a horror writer".

*

Lo que ven ahora las cámaras:

El paisaje desolado. El gigantesco robot caído. Katrina de pie sobre los restos, despeinadísima, el babydoll hecho colgajos de tela que no cubren su inmensa y magullada desnudez, la carne abierta en filamentos y hoyos humeantes, mirando el vacío, mirando el horizonte por encima del hombro. Las nubes se disipan.

Una figura viene caminando. Es Poppy.

Poppy llega hasta los pies de Katrina.

Poppy mira al cielo y dice bajito:

—Aquí estoy, bitch. Mírame. Soy yo.

*

Marilyn Manson para el documental:

"Nueva Órleans es la cloaca de América. Si evitas los lugares turísticos sólo encuentras fealdad, mutilados perversos, freaks, drogadictos, transexuales repugnantes... Nunca he visto una ciudad con tantos vampiros de pacotilla, seres desesperados que se creen personajes de Anne Rice o de algún otro escritorzuelo."

MM hace una pausa.

MM vuelve a mirar a la cámara y agrega:

"Hay que estar desesperado, ¿no?"

White Trash

Y la construcción avanza, indetenible, y a medida que va adquiriendo forma la autopista desplaza hacia sus márgenes toneladas de desechos. Montañas de desechos que se han ido dispersando y alejando kilómetro tras kilómetro del rugido permanente de la construcción. A una de estas formaciones, la más grande, le llaman el Vertedero. Alberga vida inteligente: algunos están de paso (exploración, aburrimiento, fatiga), otros son residentes fijos. Yo me encuentro a dos negros casi idénticos que expulsan humo por las narices. Rastas. Han levantado un refugio hecho de cartones y planchas de cinc. Uno lleva en la cabeza un gorro tejido de talla descomunal; de la cabeza del otro salen culebras vivas. El del gorro tejido me saluda. Le pregunto si nos conocemos.

—Llevas varios días dando vueltas por aquí, hermano —informa.

*

El Autista lleva ya varios días en El Vertedero. Antes estuvo en una especie de centro médico, me cuenta, "en las entrañas de un policlínico monstruoso", donde nadie tenía claro qué hacer con él, hasta que por fin le dieron el alta. Pero todavía sigue (y seguirá) bajo tratamiento.

—¿Qué pasó en mi ausencia? —pregunta.

—Nos cruzó por arriba un ciclón de los buenos. No sé si La Habana hubiera resistido.

—Escucha —aquí mueve los brazos en un gesto tan abarcador que parece recoger la brisa que viene del desierto, más allá de los basurales, y esparcirla como un polvo del otro lado, sobre los cimientos de la autopista que se ven a lo lejos—. Escucha el silencio debajo del ruido de las máquinas. Es el sonido de La Habana resistiendo.

De inmediato le pregunto:

—¿Qué te diagnosticaron? ¿Por fin qué locura es la que tienes?

—Tengo esto. —El Autista me muestra un cuaderno mediano de tapas duras—. Tengo que escribir, como parte de la terapia, mis pensamientos más íntimos. Así que diseñé una línea de cuadernos de apuntes. —En la tapa, una impresión circular que dice: DB—. Tienes en la mano un cuaderno Dirty Blonde auténtico. Hojéalo y siente la consistencia, el peso. Tengo un montón de ellos.

—Vas a revolucionar el mercado —le digo.

No sé de qué mercado estoy hablando.

*

La otra parte de la terapia del Autista se desarrolla cara a cara con una Therapist.

Therapist 2.0, lo último: un popular programa de terapia virtual, una proyección holográfica que interactúa con el paciente.

El Autista aprieta un botón y va apareciendo en todas sus magníficas dimensiones, de abajo hacia arriba, sentada en un sofá, desde las piernas cruzadas hasta la cabeza peinada con elegancia, una mujer de cuarenta y tantos con espejuelos finos y porte intelectual.

Se puede ver a través de ella, pero no quieres ver a través de ella.

—Esto es psicología y todo lo demás es basura —dice una voz a nuestras espaldas.

Casi idénticos, casi indistinguibles, salvo porque uno de ellos lleva ese enorme gorro tejido. No sabemos cuál de los dos rastas acaba de pronunciar la frase en off.

—No somos rastas —dice, sobresaltado, el que no lleva gorro: las culebras negras en agitación, moviéndose en todas las direcciones, mirando hacia todas partes.

—¿Quién de ustedes es mi paciente? —pregunta la Therapist.

El Autista me señala con el dedo.

*

Therapist: Y bien, ¿cómo has estado?

Autista:

Therapist: Podemos empezar hablando de lo que has escrito...

Autista:

Therapist: En tu cuaderno. ¿Ya tienes un cuaderno?

Autista: No uno, muchos. Tengo una marca de cuadernos.

Therapist: Excelente. Pero lo importante ahora es que tomes uno de esos cuadernos y empieces a escribir...

Autista: No sé si pueda. Para mí ya nunca será un solo cuaderno. Cada cosa que escriba atraerá versiones y variaciones que pudieran ser escritas simultáneamente en otros miles de cuadernos que llevan mi sello. Es demasiado, incluso para los mejores.

Therapist:

Autista:

Therapist: Escribir lo que piensas te dará perspectiva, te ayudará a comprender tus sentimientos, a analizarlos. Esa es la idea. ¿No crees que puede resultar bueno para ti? ¿No te interesa analizarte a ti mismo?

Autista:

Therapist:

Autista: Estaría más interesado en analizar a los rastas.

*

Otra clave para diferenciarlos es el procesamiento de la yerba. El del gorro tejido fabrica cigarros enrollando la yerba en un papelito, fuma, expulsa volutas de colores: humo rojo, morado, violeta, humo de tonalidades cambiantes y olor dulzón. El otro pica la yerba en pedacitos y la pone en las bocas de las culebras que salen de su cabeza. Dice que sus culebras son estrictamente vegetarianas. Es de suponer que la yerba baje masticada por el sistema digestivo de las culebras y de ahí pase al interior de su cabeza: al cerebro. No está claro quién parasita a quién.

Lo más impresionante, sin embargo, es ese humo coloreado que produce la yerba. Los rastas nos dicen que se trata de una yerba altamente radioactiva. Crece en el Vertedero.

Vamos a verla:

Entre la chatarra y los desperdicios, con hojas y tallos fosforescentes...

—¿Qué es esto? —pregunta el Autista.

Al lado de la planta, asoma en la arena un hueso enterrado.

Escarbamos.

—Parece un fémur —digo.

—Aquí hay de todo —celebra uno de los rastas.

—A lo mejor hay más —dice el Autista.

Movemos arena, rocas, restos de escombros, y encontramos huesos más cortos y más largos, clavículas, rótulas, metacarpios, vértebras, trasplantes de cadera, placas y piezas de cráneo. Poco a poco vamos desenterrando y desempolvando un esqueleto entero.

*

Autista: ¿Usted sabe algo de paleontología?

Therapist: No es mi especialidad.

Autista: ¿Usted es especialista en algo?

Therapist:

Autista:

Therapist: ¿Estás interesado en... los fósiles?

Autista: Encontramos los restos de un homínido debajo del Vertedero. Creo que se trata de una especie extinguida.

Therapist: En el continente americano ningún rastro humano tiene más de 15.000 años. ¿Quieres hablarme de ese lugar donde lo encontraron, El Vertedero?

Autista: Seguramente fue algo parecido al cáncer lo que llevó a esta especie a la extinción. Una muerte lenta y dolorosa. Una muerte ocasionada por la sobreexposición.

Therapist:

Autista:

Therapist:

Autista:

Therapist: Entonces... ¿esa tal especie es un pariente de los neandertales, o una ramificación del homo sapiens?

Autista: Lo he nombrado homo cubensis.

*

Los rastas aseguran que ellos no tienen nada que ver con el esqueleto. Ellos no han liquidado ni enterrado a nadie. Ellos son unos pobres músicos, pobres poetas, pobres pintores muertos de hambre oriundos de esta zona, de por aquí mismo, de la Habana del Este. No saben nada, y nadie les ha pagado un peso para que no abran la boca. Tosen. Tosen. (La nube de colores es una sombra en los alrededores del refugio.)

*

Autista [golpeando la tapa del cuaderno DB]: He estado tomando algunas notas, recogiendo observaciones...

Therapist: Excelente. ¿Te importaría compartirlas?

Autista: Las características del esqueleto que distinguen al homo cubensis de sus parientes primates más próximos (el gorila, el chimpancé, el orangután y el homo sapiens) son consecuencia de una adaptación muy temprana a la postura erecta y a una forma de caminar que dispone sólo de las extremidades posteriores (bipedación). Gracias a la columna vertebral, el centro de gravedad se sitúa justo encima de la superficie de soporte que constituyen los pies, lo que proporciona estabilidad. Cuánta estabilidad, no puedo deducirlo con exactitud. Ya me imagino lo que está pensando. ¿Por qué esa obsesión con la estabilidad? ¿No es suficiente con que el homo cubensis pueda pararse en sus dos pies y, encima, caminar?

Therapist:

Autista: La bipedación conlleva la liberación de las manos, que se convierten en instrumentos muy sensibles, capaces de manipular objetos de forma muy precisa. Un bolígrafo para escribir, un spray para pintar graffitis, un cuchillo para hundir en la carne. El detalle estructural más importante de esta adaptación es el dedo pulgar, que es alargado y puede rotar con bastante libertad y oponerse al resto de los dedos de la mano.

Therapist:

Autista:

Therapist [moviendo sus pulgares transparentes]: O sea, que cuando dijiste observaciones te referías a...

Autista: ¿La especie que he descubierto? Sí.

Therapist: ¿Has considerado la posibilidad de que esa especie tuya no exista en la realidad? ¿Que sea un subproducto de tu imaginación?

Autista:

Therapist:

Autista [pensativo]: El cerebro...

Therapist: A eso me refiero. Tu mente, y las cosas que han crecido en ella. Yerbas que tenemos que arrancar. Podemos hacerlo entre los dos.

Autista: A juzgar por el cráneo, el cerebro del homo cubensis debía ser grande (capacidad media de 1.400 cc). Más o menos el doble de tamaño que el de sus antepasados. Esto trae complicaciones de todo tipo. La necesidad de un consumo más elevado de calorías, por ejemplo. Calorías que siempre han sido escasas en su entorno. El agrandamiento del cráneo requiere también modificaciones anatómicas para que la cría pueda salir por el canal del parto: la pelvis de las hembras homo cubensis debe ensancharse notablemente al llegar a la madurez, lo que traerá como consecuencia un peculiar estilo de locomoción, sobre todo con tacones altos.

Therapist: Ya veo. El ejemplar de esta especie que encontraste, ¿es hembra?

Autista: No.

Therapist: ¿Es joven?

Autista: Todo lo contrario. Los huesos están muy gastados.

*

Los rastas examinan sus cuadernos DB, uno para cada uno, y le preguntan al Autista:

—¿Cuánto?

—No se los estoy vendiendo. Es un regalo. Para que los usen. Para que escriban ahí las cosas de ustedes.

—Gracias, hermano. Te diste cuenta de que somos intelectuales.

—Después me dicen si les parecen buenos cuadernos. Quiero que me den su sincera opinión de rastas.

Ellos se limitan a mirarlo dura y fijamente:

—No digas eso.

—No somos rastas.

Sigue un silencio que se expande, se espesa...

—Pero los piensas vender, es tu negocio, ¿no?

—Pu-pudiera llegar a serlo —se traba el Autista.

—Montar una papelería con lo último. O mejor: una librería. Y por fin... tener... tener dinero... —El de las culebras suspira por todas las bocas abiertas de su cabeza—. ¿Qué es robar un libro comparado con fundar una librería?

—O comparado con escribir un libro que sea peor que un robo —agrega el otro—: que sea como pasarle la cuenta al libro que te quisiste robar.

—Ahora mismo voy a empezar a tomar notas para una historia que siempre he querido escribir. Una historia secreta. ¿Saben de qué se trata?

El Autista y yo decimos que no a la misma vez, imaginándonos cosas que nos dan miedo.

—La historia de la tecnología casera en mi país —anuncia el rasta.

*

Autista: Las adaptaciones fisiológicas que hicieron de los homo cubensis animales más flexibles que otros primates, permitieron el desarrollo de una amplia variedad de capacidades y una versatilidad en el comportamiento que no tiene comparación en el resto del mundo. El gran tamaño del cerebro proporcionó la base para que el comportamiento estereotipado e instintivo pudiera ser modificado a través del aprendizaje. Los cambios en el medio se afrontaron mediante ajustes rápidos y no a través de una selección genética lenta, con lo que la supervivencia se hizo posible en condiciones extremas y en una amplia variedad de hábitats sin necesidad de una diferenciación adicional de la especie. Eso se llama resistencia. Ahí entra la cultura, entendida como capacidad de transmitir información entre generaciones por medios extragénicos. Hay que decir que la cultura se desarrolló de manera notable en el homo cubensis. Hasta que llegó, claro, el fin de la cultura.

Therapist: Veo que te fuiste más allá del esqueleto.

Autista: Esa es la idea.

Therapist: Me llama la atención el interés que pones en esta especie, y el lenguaje que empleas para describirla. ¿Qué crees que significa?

Autista:

Therapist:

Autista: ¿Usted ha escuchado una palabra de lo que he estado diciendo?

*

Discuto con el Autista el tema de los cuadernos. DB no es una marca registrada (apenas son dos letras en mayúscula) pero es de esperar que surjan tensiones corporativas. Los cuadernos Dirty Blonde deben preservar su identidad frente a los cuadernos Dumb Blonde (por poner sólo un ejemplo).

El Autista no se muestra preocupado. Ha previsto la zona confusa. Todo cuaderno Dirty Blonde estará siempre en tensión con un cuaderno Dumb Blonde, y es precisamente esa tensión la que va a definir ambos estilos.

Suponiendo dos cuadernos DB del mismo color y las mismas dimensiones, molecularmente idénticos, habría que leer lo que está escrito en ellos para saber cuál es el Dumb Blonde y cuál el Dirty

Blonde. Y habría que leer con ojos de experto, o mejor aún, con ojos de adicto, para percibir las diferencias.

*

Autista: Mi hipótesis es que el homo cubensis vivió casi toda su existencia en la Edad de Piedra.

Therapist:

Autista: A lo largo de todo el paleolítico el homo cubensis debió haber sido un pobre cazador y recolector. Probablemente también se dedicara a la pesca.

Therapist: ¿Y qué cazaba?

Autista: Herbívoros.

Therapist: ¿Nada más?

Autista:

Therapist:

Autista: Es una pregunta con trampa. Ya veo.

*

No hay mucho que hacer aquí.

Los rastas fuman, pasean de un lado a otro sus sombras extremadamente delgadas, juegan con sus collares de cuentas.

El Autista juega con el esqueleto como si se tratara de un modelo para armar y desarmar.

Los rastas le preguntan:

—¿Ya sabes quién es el muerto?

—¿Ustedes lo saben?

—No.

—¿Por qué tendría que saberlo yo?

—Sólo era una pregunta.

—No tengo forma de responderla. Los datos van en otra dirección.

—Y tú sigues los datos. Y no sabes quién es el muerto.

—Sí. No.

—Oye, sobre esa psiquiatra tuya...

—Es virtual.

—Pero es extranjera, ¿no?

—Es virtual.

—¿Yuma?

*

No hay mucho que hacer aquí.

¿Escarbar?

Escribir, desde luego, es imposible.

No sé qué es lo que escribe el Autista en su cuaderno DB. Cuando le pregunté por la terapia, si estaba escribiendo los pensamientos que le venían a la mente, él me dijo que desde hacía muchísimo tiempo (millones de años) había dejado de tener pensamientos propios. Me invitó a leer sus notas, y ahora tengo aquí conmigo su cuaderno DB. No me atrevo a abrirlo.

*

Los rastas ya tienen una palabra para referirse al Autista. Lo llaman: antropoloco.

Therapist: [mirando alrededor con expresión desolada]: ¿Aquí es donde vives tú? ¿Vives en esta casucha?

Autista: Los grupos de homo cubensis del paleolítico deben haber sido extremadamente nómadas. Vivieron con seguridad en pequeños campamentos, cuevas, abrigos rocosos, refugios rudimentarios. Aunque no me extrañaría que aparecieran testimonios de entoldados y cabañas en el paleolítico superior. Pero entonces también tendrían que aparecer testimonios de prácticas funerarias complejas. No es el caso del ejemplar que desenterramos, a menos que El Vertedero en su totalidad sea como un enorme testimonio funerario... Sí, eso mismo debe ser.

Therapist: Has repetido tres veces la palabra "testimonio".

Autista: Oh. Me pregunto qué significará esa repetición.

Therapist:

Autista: Por otra parte, estimo que los homo cubensis comenzaron a emplear el fuego hace 1,5 millones de años. Al principio como medio de iluminación, de calefacción, para cocinar alimentos y como protección contra animales salvajes. Con el paso del tiempo se emplearía también para alterar el color de los pigmentos minerales, para cocer figuritas de arcilla (y luego vender pinturas y artesanía a los extranjeros) y para llevar a cabo propósitos suicidas. Me da que las hembras de esta especie eran propensas a darse candela.

Therapist: Pero el ejemplar de esta especie que encontraste, ¿es hembra o no?

Autista: ¿Usted ha tratado a suicidas? Cuénteme algo de eso.

Therapist: Basta ya, ¿ok? Tú sabes perfectamente lo que estás haciendo.

Autista:

Therapist: Estás desviando la atención. Estás contándome toda una historia imaginaria para evadir tu propia historia. La historia real.

*

El Autista apuntó en su cuaderno:

"El tema de la adicción se ha trasladado aquí a la dependencia tecnológica, a las cámaras que registran estos sucesos. Tal es la paradoja de la amistad trash: aun siendo, *por defecto*, secreta e inconfesable, necesita de un archivo que dé cuenta de sus avatares, y el secreto de ese archivo estará siempre amenazado." Eloy Fernández Porta (*Homo Sampler*).

*

Si yo fuera a apuntar algo en el cuaderno que el Autista me dio, apuntaría los sueños que he tenido últimamente:

Sueño con culebras, negras y gordas. Un amasijo de culebras enredadas. Abren sus bocas: hileras de colmillos como agujas hipodérmicas. Soplan sus lenguas bífidas: no somosss... rastasss... no somossss... rastassss... no somosssss... rastasssss... no somossssss... rastassssss... Y como un eco, se suma el silbido vegetal que llega reptando desde lo más profundo de una selva suburbana cubierta por desechos tóxicos: no somosss... rastasss... no somossss... rastassss... no somosssss... rastasssss... no somossssss... rastassssss...

Sueño con la Theraphist. Pero no es ese sueño. Sin llegar a quitarse la ropa, la Therapist se va haciendo borrosa y se desvanece poco a poco. Aprieto el botón del control remoto, pero no logro restablecer el holograma. Entonces me pregunto de dónde hemos estado sacando la corriente eléctrica en este basurero de mierda. Entonces escucho el ruido, el tremendísimo ruido, y me despierto.

*

Therapist: Entonces dejémonos de tanto cubensis y tanto paleolítico. Vamos a...

Autista: El neolítico, por supuesto. Un período asociado a los orígenes de la agricultura, a la vida sedentaria y al uso de cerámica y de instrumentos de piedra pulimentada. Claro que algunos de estos rasgos son anteriores a esa etapa. Incluso durante el neolítico estas características no siempre aparecen de forma conjunta.

Therapist: Oh my God.

Autista: Es importante señalar que la agricultura y la domesticación de animales, como vacas, gallinas, chivos y puercos, fueron resultado no de un brillante descubrimiento, sino de la necesidad. La necesidad fue una de las tantas presiones a la que estuvo sometido en vida el homo cubensis.

Therapist: No vamos a llegar a ninguna parte. No tengo por qué seguir escuchándote.

Autista: Una última anotación sobre el arte neolítico: presenta una amplia variedad de figuritas-fetiche (mayormente femeninas, por si le resulta significativo) pero yo diría...

Therapist: No, no me vas a involucrar en esto.

Autista: ...que los logros más importantes del homo cubensis se encuentran en una serie de imponentes estructuras conocidas como los Monumentos.

Therapist: Adiós, dulzura.

La Autopista: the movie

Ruido: aspas y viento de helicópteros sobre el Vertedero, sobre nuestras cabezas. Los rastas entran corriendo al refugio y gritan: ¡La yerba! Se mueven como locos buscando dónde esconderla, con gran revuelo de hojas fosforescentes y culebras atragantadas. El Autista me mira con su cara desprovista de expresión y dice: Los cuadernos. (Apilados en una esquina y multiplicándose como células malignas después de la radiación.)

Entonces los militares derriban la puerta, que ni siquiera es puerta y que hasta un niño pudiera derribar de una patada. Los rastas alzan los brazos y se tiran de rodillas al suelo. En ningún momento dejan de apuntarnos los fusiles. Uno de los militares se adelanta y dice: Los huesos. Entreguen los huesos.

Así que les entregamos todo el esqueleto. Hasta la última astilla. Después los helicópteros se van por donde mismo vinieron.

O también:

—No tenemos huesos —le digo a los militares. Ellos registran por los rincones y no encuentran nada, porque es verdad que ya no tenemos huesos.

Nos arrojan picos y palas.

—Empiecen a cavar.

Y empezamos a cavar ahí mismo, el Autista y yo, los dos rastas casi idénticos, casi indistinguibles, y el Autista yo, y todo parece indicar que estamos cavando nuestra propia tumba.

Las herramientas chocan contra los huesos. Los desenterramos uno a uno.

Con el esqueleto debidamente reunido, inventariado y metido dentro de una caja, los militares suben a los helicópteros y parten sin más demora.

—Muchas gracias —se despiden.

Eso es todo.

*

Autista: [...] numerosos túmulos de grandes dimensiones. Los más impresionantes eran los llamados "megalíticos": los menhires o piedras hincadas verticalmente en el suelo, en la mayoría de los casos aislados pero en ocasiones formando conjuntos, círculos; los menhires-estatuas antropomórficos, levantados sobre enormes plataformas recubiertas de losas; las grandes tumbas megalíticas, una de las más célebres situada en el emplazamiento conocido como "Plaza de la Revolución". Muchos de los Monumentos estaban profusamente decorados con incisiones, y el trazado de algunos de ellos quizás guardara relación con el culto al pasado o con las predicciones trágicas del futuro. Son, probablemente, el logro más destacado de cualquier grupo humano en la Edad de Piedra. Sólo hay que pensar en el trabajo que supone el labrado, el traslado y el izado de los megalitos para sentir un profundo respeto por sus constructores, equipados a duras penas con útiles ineficientes y materiales precarios.

Fast Forward

Ya está.

Señoras y señores: la autopista.

De horizonte a horizonte. Kilómetros de ancho. Infinidad de carriles y ramales y varios niveles de altura, con bucles y complicadas intersecciones sin ningún propósito abarcable.

Aunque la hayas visto venir, aunque hayas estado ahí todo el tiempo y la hayas visto poco a poco crecer, no es menos alucinante ahora.

Yo, que no tengo nada, que nunca tendré nada, lo que quisiera tener ahora mismo es una cámara fotográfica. Eso quiere decir algo.

*

Ya empezarán a pasar veloces los carros. Al principio pasan solamente, en ambos sentidos, los camiones cargados, las rastras. Devoran el pavimento virgen con la seguridad de los vehículos teledirigidos. Hasta que, de pronto, un camión da un patinazo y hace que vuele una botella de la parte de atrás. La botella cae intacta a un costado, en una zona de césped.

*

—¿Ron con qué? —pregunta el Autista.

—Con nada. Viene así de fábrica.

Ni al Autista ni a mí nos gusta el ron, pero como ha sido un milagro que la botella sobreviviera, nos sentimos en el deber de consumirla.

Brindamos por el futuro. Al poco rato estamos tan borrachos que tenemos visiones dobles de un futuro que tal vez no sea por el que brindamos.

—¿Qué hacemos con la botella vacía? —pregunta el Autista.

—La tiramos al mar sin ningún mensaje. O con un mensaje en blanco.

—O con un papel que diga: "¿Alguna vez te ha desconcertado y/o asustado la anatomía femenina? Porque a mí sí, y soy la dueña." Firmado: Juliette Lewis.

—¿Ella de verdad dijo eso? —De pronto, por el pico de la botella empieza a salir un ectoplasma—. ¿Qué hiciste, Juliette Lewis?

—Fue sin querer —dice el Autista.

Se condensa en el aire una figura: un anciano vestido de esmoquin planea frente a nosotros con una gran sonrisa de globo inflado en la cara.

—Arriba, los tres deseos. Ya saben cómo es esto.

El Autista y yo repartimos: un deseo para cada uno, y luego un deseo que complazca a los dos. (Los dos sabemos que esto último no es posible.)

Sin querer. Así es como consigo yo la cámara con teleobjetivo y trípode. Lástima que no viniera incluido el fotógrafo. Lástima no haber estado sobrio para pensarlo mejor y pedir algo que de verdad valiera la pena.

Algo relacionado con anatomía de celebrities.

El Autista sí se toma su tiempo. Mira la autopista. Medita. Como a los diez minutos, dice:

—Quiero un carro.

*

Idea: un búnker secreto donde examinar en paz, en la pantalla de una computadora, las fotos que voy a tomar de la autopista. Ampliar esas fotos a nivel molecular. Lo que me han puesto en las manos no es una cámara: es un instrumento de precisión.

*

—No especificaste —dice el Genio de la Botella.

El carro aparecido de la nada es un trasto ordinario de segunda mano, sin marca reconocible, pintado chapuceramente con bandas azules, rojas y blancas.

—Los colores de la bandera —dice el Autista—. Qué detalle.

—¿Sí? Bueno... También son los colores de Pepsi —dice el Genio.

El Autista se sienta al timón. El carro no arranca.

—La gasolina tienes que pedirla aparte.

—¿Qué clase de Genio eres tú? —le pregunto.

—Roberto, Roberto Goizueta, para servirles. —El viejo me extiende la mano—. Oigan, lo siento, pero yo no inventé la economía de los deseos. Llenar el tanque te cuesta un deseo como mínimo. A veces te cuesta los tres deseos juntos, así que ustedes salieron bien. Lo que puedo hacer es recomendarles otro combustible. El mejor combustible. Prolonga la vida del motor, produce mucha más potencia, reduce el consumo de aceite y... ¡es mucho más barato! No necesitan de mí para conseguirlo. Apuesto a que se imaginan de qué combustible estoy hablando. —Entusiasmado, el viejo estudia nuestras caras mudas de agotamiento—. ¿No? A ver, jóvenes, piensen en un líquido negro que le haga exclamar a uno después de beberlo: ¡Esto tiene que encender los motores y empujar los carros hacia adelante! ¡Tanta es la magia que contiene! ¿Ya saben?

—No.

—No.

—¿De verdad que no?

Sacudimos la cabeza sin energía.

—Fuck —dice el Genio.

*

Y sin más demora: los carros. Sus modelos, sus colores, sus cambios de personalidad. Devoran el pavimento virgen lanzando destellos cromados. Apenas unas horas y la autopista ya está inundada. Sur-Norte. Norte-Sur. Cada vez pasan más, y cada vez disminuye más la velocidad y la distancia entre ellos. Hasta que la autopista, la franja de autopista que cabe en nuestro espectro audiovisual, queda cubierta de carros que apenas se mueven, que hacen sonar las bocinas, que adelantan unos metros por hora.

*

(atascada.jpg)

Es más que un carro deportivo. Es una pieza de arte corporal. No es que las puertas de ese animal llamado Lamborghini Murciélago estén abiertas: es que no son puertas, son alas membranosas. Entre los faros delanteros hay una larga hilera de colmillos. Bajo el metal han crecido músculos, la carrocería hinchada está recubierta de placas triangulares y púas.

Zoom: en el interior de la bestia se ve a una mujer. Echada sobre el timón, esconde la cara entre los brazos. No es necesario verle la cara para saber que es una belleza, pero no como esas bellezas que hasta hace poco pasaban en sus convertibles con el pelo agitado por el viento. Esta es como la supermodelo que se esconde, que huye, que ha firmado con el peligro. Cansada de maldecir y de preguntarse por qué, por qué, por qué no se avanza, ya no puede hacer otra cosa que esconder la cara entre los brazos y echarse sobre el timón del Lamborghini Murciélago y, silenciosa y cegadoramente, brillar.

*

—Créanme, yo he visto muchos embotellamientos en mi vida —dice el Genio de la Botella—, pero este es el mejor de todos. Todo el mundo debe estar preguntándose dónde empieza y dónde termina. Tremendo espectáculo. Seguro que esto no sale en el documental.

—¿Cómo sabes lo del documental? —le pregunto—. ¿No estuviste metido en una botella de ron todo este tiempo?

—Sí, pero estaba metido en esa botella porque soy un Genio.

—La filmación se terminó —informa el Autista—. En cuanto acabaron la autopista apagaron las cámaras y se fueron.

—Nunca supimos bien quiénes eran —aclaro yo.

—Ustedes dos lo que necesitan es una cámara... —el viejo me dirige una mirada indulgente— de video.

—¿Para qué? —le digo.

—Para filmar. Para seguir filmando. El documental no puede detenerse ahora, que es cuando se pone bueno esto. ¿Qué va a pasar con todo el movimiento que trae la autopista?

—No se está moviendo nada —dice el Autista.

—Ahora. Pero ya verán después, cuando el tráfico fluya. Una autopista lo modifica todo, lo transforma todo... ¿Y quién lo va a registrar? Ustedes, los nuevos realizadores. Ustedes pueden ser las próximas estrellas del cine independiente.

—No existe el cine independiente —dice el Autista.

—¿Y qué van a hacer? ¿Quedarse merodeando, sacando fotos y tomando notas en sus cuadernitos? ¿Quedarse de brazos cruzados cuando tienen delante la continuación, la sublimación, o incluso mejor, la refutación del documental del momento? ¿Cuando pueden contar la otra historia y, sobre todo, hacer dinero con ella? Porque, por otra parte, ¿han pensado cuáles son sus perspectivas financieras en este descampado? Muchachos, les estoy hablando de riesgo, de oportunidad... Yo también, cuando tuve la oportunidad, enfrenté el mayor desafío de mi vida.

—¿Y qué pasó?

*

(15.jpg)

Un adolescente solitario sentado en un Impala, leyendo. El asiento del chofer está vacío. Detrás del Impala hay un Lexus y delante a un Dodge Magnum. En los carriles al fondo se ven: un Subaru, un Taurus, un Hyundai Veracruz, un Toyota Matrix, un BMW y la parte trasera de lo que quizás sea un Mitsubishi Diamante. Un grupo de hombres se ha reunido entre los carros. Todos miran al BMW, que es negro y tiene las ventanillas oscuras y cerradas. Al parecer, después de varias horas, del BMW no ha salido nadie, no se ha abierto una puerta ni se ha bajado una ventanilla. Por si esto fuera poco, el BMW está suspendido en el aire a 15 centímetros del pavimento. Exactamente como el anuncio: *15 centímetros más abajo está la realidad.* En los rostros de los hombres que miran al BMW se mezclan muchas emociones, desde miedo hasta excitación sexual, pero una cosa sí es clara: todos quieren esos 15 centímetros. Uno de los hombres está junto al Impala: parece ser el padre del adolescente solitario que, ajeno a la visión del carro flotante, sigue en lo suyo. Leyendo un libro. Se trata sin duda de una lectura urgente. El pixelaje no permite ver las palabras.

*

En 1980, Roberto Goizueta es designado presidente de Coca-Cola. Todo un suceso. Un químico cubano se convierte en el primer extranjero al frente de la marca más famosa del mundo. Pero no. El verdadero suceso todavía estaba por llegar.

Roberto Goizueta sólo tenía una cosa en la cabeza: Pepsi.

Veía Pepsi por todas partes. Un sándwich era Pepsi. Una hoja seca desprendida de un árbol era Pepsi. Una adolescente en el parque con un vestido muy corto: Pepsi.

La Autopista: the movie

Roberto Goizueta decidió que tenía que hacer algo al respecto. Tenía que acabar con Pepsi de una vez por todas. Si no, se iba a volver loco.

Tuvo una idea. Se dio cuenta de que era La Idea. La única, la definitiva, la demasiado grande. Tal vez ya estaba loco. Necesitaba hablar en privado con el Jefe.

"El Jefe" era como aún le decían a Robert Woodruff, quien fuera en su momento el dueño de la compañía, el hombre que llevó la Coca-Cola a todos los rincones del mundo libre después de la Segunda Guerra Mundial. El Jefe tenía 95 años, estaba sordo y ciego y parecía un espectro. Ya todo le daba igual.

Luego de entrevistarse con el Jefe, Roberto Goizueta se reunió con sus subordinados. Les habló del futuro. El futuro era él. Les recordó que él era, ante todo, químico. Les dijo que existen las fórmulas químicas, no las fórmulas sagradas. Les dijo que había llegado el momento de cambiar la fórmula de la Coca-Cola, y aseguró que el Jefe estaba de acuerdo con El Cambio.

Pero Woodruff se murió inmediatamente, murió justo antes del lanzamiento de la New Coke en 1985. Nunca se enteraría de lo que pasó.

*

(siguenperdidos.jpg)

Una guagua Yutong varada en el borde de la autopista. Dos pasajeros asomados a las ventanillas, otro recostado en la puerta con una Pepsi en la mano y el resto afuera de la guagua, captados en distintas posiciones que recrean la desolación y el hastío. Son fans de una vieja serie de televisión: Lost. Sudamericanos, probablemente.

Subtituladores compulsivos. Iban a una convención de fans o venían de una convención de fans cuando quedaron atascados en medio de ninguna parte. Todavía van disfrazados de los personajes de rigor. Hay uno que es Jack y otro que es Sawyer y otro que es Desmond. Hay dos Charlies, el rockero, y un Daniel, el físico cuántico, y varios más que sólo pueden aproximarse al terrible Linus. Hay una muchacha atractiva que lo mismo es Kate o Juliet, y hay hasta una gorda haciendo de Hugo. Un mulato, Sayid, está mirándome en el instante de la foto. A continuación la foto empieza a moverse:

—¿Esto te parece gracioso, paparazzi?

Detrás de Sayid vienen los otros. La Hugo recoge una piedra del suelo. Como es natural, están frustrados y molestos. La foto es lo único que se mueve. Ni siquiera el viento.

—¿Tú eres de por aquí, paparazzi?

Yo era de aquí, yo estaba aquí antes de la autopista, antes de todos los carros detenidos. Pero me quedo callado.

Un Linus me pregunta qué es lo que está pasando en este lugar. Respondo con mis tres únicas palabras:

—No lo sé.

—Piérdete.

—Ya.

Me alejo. Al rato me doy cuenta de que el Autista está caminando a mi lado.

—¿Cuánto tiempo llevas ahí? —le pregunto.

—No nos podemos fajar con toda la autopista. Somos dos nada más.

—Sólo eran unos losties un poco alterados —le digo, pero no estoy seguro de que entienda. Siempre tuvo una extraña manera de ver televisión.

—Tenemos que buscar una cámara de video. Había cámaras por todas partes cuando estaban haciendo el documental. Alguna debe haberse quedado perdida por aquí.

—Claro. ¿Por aquí por dónde?

—No lo sé.

*

El despliegue publicitario para promocionar el nuevo sabor de Coca-Cola fue majestuoso. Los consumidores, sin embargo, no entendieron que se encontraban ante un momento histórico. Sólo vieron una crisis. La Compañía recibió cientos de miles de llamadas telefónicas y cientos de miles de cartas que exigían volver a la antigua fórmula. Protestas, lamentos llenos de fanatismo, de tercas negociaciones, de dolor por una patria que desaparece entre los labios:

"Yo sólo creo en dos cosas: Dios y la Coca-Cola. Ustedes me han quitado una de ellas. De qué soy capaz ahora, sólo Dios lo sabe."

En México, el padre de Goizueta comenzó a recibir amenazas de muerte por parte de narcos adictos, mientras millones de madres en el campo le daban New Coke a sus hijos con biberón.

Los bebés lloraban.

En La Habana, Fidel Castro exprimía las viejas latas con el puño:

"La desaparición de la Coca-Cola es un síntoma más de la decadencia del imperialismo norteamericano."

Los bebés seguían llorando.

Apenas tres meses después del lanzamiento de New Coke, Goizueta se vio obligado a regresar al sabor original.

Coke Classic. Just Coke.

Fuck.

—Pero no me arrepiento, nunca me arrepentí —dice el Genio—. New Coke era, y es, la fórmula correcta. La necesaria para acabar con Pepsi. Aunque ya no se trataba solamente de Pepsi, sino de algo que estaba y sigue estando más allá de cualquier botella... Uno tiene que hacer lo que tiene que hacer.

*

(unasinflash.jpg)

La autopista hierve de luz. Los focos de los carros, las señalizaciones lumínicas, las luces de esos postes altísimos que parecen mástiles de una nave espacial a punto de hundirse. Y toda esa gente, hombres y mujeres y niños mirando al cielo con las bocas abiertas. Como si estuvieran mirando mucho más que la misma luna y las mismas estrellas. Como si los hubieran sorprendido a todos en una foto terrorífica. Después se meterán en sus confortables carros a dormir. La mayoría no sobrevivirá esta noche.

*

Caminamos kilómetros de embotellamiento, sin prisa, sin la menor idea de dónde encontrar una cámara abandonada. Ya se han llevado casi todos los contenedores, y los que quedan (los que quedarán por siempre como parte del paisaje) están vacíos.

—¿Por qué no usamos el tercer deseo? —le pregunto al Autista.

—Lo gasté. Lo siento.

—¿En qué demonios lo gastaste?

—Tienes que verlo con tus propios ojos.

Miro al suelo. Descubro una placa de metal cubierta por un enredo de matas.

—Parece una escotilla —y la abrimos y descendemos por una escalera a una especie de búnker abandonado. Todo está oscuro. El Autista enciende la luz. Tirado en el piso encontramos un pedazo de cartón rayado con crayola. Dice: NEW VEDADO STATION. Y sobre una mesa...

—Mira lo que nos dejaron —señala el Autista.

Sobre la mesa hay una cámara encendida.

—Ya que estamos en el negocio de la apropiación —pienso en voz alta, paseándome por el búnker—, podemos aprovechar y apropiarnos también de los decorados, el vestuario, las imágenes de archivo, el material trabajado por otros... ¿Qué estás haciendo?

El Autista me sigue con la cámara. Ha filmado lo que acabo de decir, así que supongo que ya estamos rodando el documental. El nuevo.

La secuela.

La reformulación.

*

(Aquí es donde le agarramos el cuello al documental sobre la autopista. Y lo torcemos.)

Roberto Goizueta nos cuenta su último sueño, el sueño que tuvo en el momento de su muerte. Él está hablando a solas con el Jefe en un despacho presidencial. Pero en el sueño el Jefe no es Robert Woodruff sino Fidel Castro. ¿Roberto, Roberto Goizueta?, le pregunta Castro, que viste un chándal con los colores rojo, azul y blanco. En el despacho no hay muebles, así que los dos están sentados en el suelo. Soy yo, Jefe, dice Goizueta. El Jefe eres tú, le dice Castro sonriendo, y a Goizueta de repente le da miedo esa sonrisa, piensa que el Jefe lo está viendo del mismo modo que vio él a Woodruff cuando este estaba al borde de la muerte: como un espectro. Yo sé lo que estás pensando, dice Goizueta, estás pensando en el desastre de New Coke. El Jefe se encoge de hombros. No seas tan duro contigo mismo, dice. La verdad es que cuando yo nacionalicé la fábrica de Coca-Cola, no imaginé que años después un compatriota iba a intentar convertírmela en otra cosa delante de mis narices, y de esa forma aterrorizar al mundo. Te juro que eso nunca me pasó por la cabeza. Pero escucha: salga bien o salga mal, tenemos que hacer lo que tenemos que hacer. (Y, entre paréntesis, la Diet Coke estuvo bastante bien, ¿no?) Goizueta mira hacia fuera, las paredes se han vuelto cristal. Tenía la impresión de estar en la Casa Blanca, pero lo que ve del otro lado se parece a Atlanta, en todo caso una Atlanta superpuesta a los paisajes habaneros de su infancia, paisajes azucarados, paisajes definidos menos por el campo que por la rotundidad de la conjunción *Habanacampo*. Hasta el día de mi muerte, murmura Goizueta. ¿Qué?, pregunta el Jefe. Hasta el día de mi muerte estuve fabricando New Coke para mí solo, para mi consumo privado, dice Goizueta. Yo hubiera hecho lo mismo, aprueba el Jefe. Goizueta observa que el suelo también es de cristal, y el cristal se siente cada vez más frío, y las paredes transparentes empiezan a rodearlo y lo separan del Jefe, que está pasando por un proceso de aislamiento similar en la otra mitad del despacho. El espacio de ambos se reduce hasta que apenas pueden moverse. Lo que me faltaba, dice Goizueta, terminar encerrado en una botella. Piensa que seremos Genios, lo anima el Jefe, de esos que conceden deseos. ¿Hay que obedecer siempre los deseos de los consumidores?, se pregunta Goizueta. Yo espero que ahora la gente sepa qué deseos puede pedirnos, dice el Jefe desde la botella de enfrente, y agrega con una voz que ya se aleja y se pierde para siempre: Adiós, Jefe, ha sido un privilegio hablar contigo... y Goizueta no escucha nada más.

*

Filmo al Autista dando su opinión de la historia, de la Historia con mayúscula, ahora que por fin se ha ido el Genio de la Botella:

"Está claro que fue una jugada bien hecha. Un cálculo perfecto. Pierdo unos cuantos millones en unos pocos meses, pero luego vuelvo atrás y debido a la abstinencia las ventas se disparan en los meses siguientes. Los tengo a todos cogidos por el cuello."

Del interior de la cámara sale la voz distorsionada del Jefe:

"Mmm... Es una teoría interesante."

*

Rewind:

La autopista vacía, recién terminada, las últimas tomas del documental, las cámaras siguen a David LaChapelle, que se pasea con aire melancólico esperando que empiecen a pasar los carros.

David LaChapelle:

"No tengo problemas financieros, soy un fotógrafo famoso. Podría quedarme a vivir aquí para siempre. Por supuesto, tengo miedo de quedar fuera del radar de la cultura pop y ser olvidado. Pero también tengo que cambiar y tomar este camino. No quiero ser falso. No quiero ser esa persona que gana mucho dinero pero no tiene pasión por lo que hace. Me apasionaba lo que hacía, en aquel momento. Pero ahora no podría sacarle una foto a la próxima Britney Spears. No me interesa la próxima Britney Spears."

Hall of Fame

Como es natural, ahora los márgenes de la autopista se van llenando de gasolineras, talleres, cafeterías, restaurantes, moteles, tiendas de bisutería y souvenirs. De costa a costa. Una franja de civilización, una cinta aislante entre la autopista y el desierto.

Todos salimos ganando.

*

El Autista y yo encontramos trabajo rápido en un fast-food. El negocio está empezando, así que por el momento vamos a ser los únicos empleados. De más está decir que no sabemos hacer nada.

—Se ve que ustedes son unos tipos trabajadores —nos dice el dueño—. ¿Les gusta la pelota? A mí todo el mundo me conoce como el Pitcher.

El interior del local está decorado con afiches de peloteros famosos, medallas, trofeos, banderolas, emblemas de diversos equipos, uniformes e implementos de juego. Pero es una decoración incipiente. Más que un restaurante parece un almacén.

Se suponía que el neón de la entrada dijera EL PITCHER FRITO, pero por un error o por falta de presupuesto o por otra razón que se nos escapa fueron abajo las letras T. El neón dice: EL PICHER FRIO / Abierto las 24 hours.

En el parqueo del restaurante, ponemos la cámara frente al carro y de pronto el carro se despierta, los faros delanteros son grandes ojos que pestañean:

—¿Qué piensan hacer? —pregunta.

En eso llega el Pícher Frío:

—Los estaba buscando... Eh, ¿un carro que habla?, ¿cómo es posible?

—No me preguntes a mí —dice el carro, y vuelve a cerrar los ojos.

—¿Está... vivo? ¿Cómo es posible? —insiste nuestro jefe.

—Le pedí un deseo a un Genio —explica el Autista.

—No, no puede ser.

—Es cierto —confirmo yo—. Fue el tercer deseo.

—No existen los Genios. Ni la magia. La fantasía no existe.

—Probablemente no —admite el Autista.

—Pero ahí está, increíble... Me han dejado frío.

—¿Con este sol? —murmura el carro—. Eso sí que es increíble.

*

Es absurdo pensar que mucha gente famosa va a poner un pie en este restaurante. No tan absurdo es pensar que, de vez en cuando y cuando menos te lo esperas, *alguien* se va a bajar del carro para comerse unas papas fritas con ketchup antes de seguir camino. Y aquí estaré yo, listo para identificar entre los clientes a quien sea necesario para el documental. Un trabajo parecido al de coolhunter. Cazar gente interesante que quiera hablarnos, y después editar. (Es mejor que no sean peloteros.)

La versión autista, la versión local del coolhunter: haz lo que puedas con lo primero que te encuentres.

Algo así:

—Disculpe, señor, ¿le molestaría hablarnos un poco de la autopista o, si lo prefiere, de cualquier otra cosa?

Y de buenas a primeras el señor, cuyo nombre es Christopher Arendt, un tipo canoso, cansado, gastado, levanta la vista de su comida, mastica un poco, rumiante, cauteloso, pensativo, y dice:

—No llevo diez minutos aquí, y ya estoy pensando en Guantánamo.

El Autista me indica con un gesto que acerque la cámara a la mesa.

*

"Me gustaba trabajar en el turno de la noche, porque cuando estaban despiertos, lo único que quería era pedirles perdón. Mientras dormían, en cambio, yo era capaz de ir y venir tranquilamente por el pasillo."

"Era siempre el de la última celda. Todos los días, a las cinco de la mañana, él era quien comenzaba la plegaria. Cantaban. Cantaban juntos. Todos los prisioneros se despertaban para cantar al unísono esa canción increíblemente hermosa que nunca pude descifrar y que todavía hoy suena en mis oídos. Es escalofriante escucharla."

"¿Han oído hablar del Campo Delta? El Campo Delta se encuentra en un acantilado frente al mar. Yo nunca había visto el océano antes. Crecí en Michigan, en un tráiler, en medio de una plantación de maíz. La belleza que encontré allí, en el Campo Delta, era algo que estaba más allá de mi capacidad de comprensión."

"Cada día caminas por ese pasillo. A cada lado hay una fila de veinticuatro celdas. Cuarenta y ocho prisioneros. Los alimentas. Si se ponen violentos, los rocías con un spray a base de petróleo. Después vienen cinco guardias para molerlos a palos."

"Había comprado suficiente porno antes de venir a Cuba. Terminé rompiéndolo todo. Empapelé la pared con páginas de revistas y carátulas de DVD. Mi madre me había enviado calcomanías de dinosaurios. Cubrí las partes más íntimas de las chicas. Culos, vaginas, pezones... Me pasaba horas contemplando dinosaurios."

"Amarré una soga al ventilador de techo de mi cuarto para ahorcarme, pero el ventilador se zafó. Eso fue dos meses antes de volver a casa."

"¿Si extraño algo? Extraño los vasos. A los presos se les permitía tener unos vasos de poliuretano; en ellos dibujaban y escribían. No estoy familiarizado con su cultura, pero puedo decir que nunca dibujaban la figura humana. Y por supuesto, jamás entendí lo que escribían. Eran como extrañas obras de arte, muy concentradas; entre escritura y dibujo cubrían literalmente los vasos. Luego nosotros debíamos quitárselos y enviarlos a la oficina de Inteligencia. Yo amaba esos vasos."

*

El Pícher Frío resopla. Luce mareado. Ahora me doy cuenta de lo parecido que es físicamente a Christopher Arendt. El Autista opinará más tarde que son más o menos la misma persona.

El Pícher Frío le ofrece a Christopher Arendt un *Happy Meal* para llevar. Va por la casa. En un acto reflejo, Christopher revisa la bolsa.

—Falta el juguete. El Happy Meal debe traer un juguete.

—No tenemos. I'm so sorry. ¿Aceptas una pelota de béisbol firmada?

—...

...y Christopher Arendt regresa a la autopista y el Pícher Frío nos pide que apaguemos la cámara. Ya lo hicimos. Se veía venir. A los pocos segundos rompe el hielo. Resulta que él también estuvo en Guantánamo.

*

Como el documental es sobre una autopista, el Autista pensó que lo más natural sería contar con la perspectiva de un carro.

Dice el carro:

—Yo no tengo perspectiva ninguna. Mírenme. Estoy inmóvil en un parqueo debajo de un sol criminal. Un sol que taladra. Un sol que se arroja encima de ti como un meteorito envuelto en llamas. Un sol que te hace odiarte a ti mismo. Mis ojos son de plástico, por lo que he podido mirarlo de frente y he visto cómo lo disfruta. Sol sádico. Sol a full. Siniestro sol total. ¿Se han preguntado ustedes por qué les pusieron arriba este infierno de sol? Qué hicieron para merecer semejante castigo, eso es lo que yo quisiera saber. Tráiganme cubos de agua. Muchos cubos de agua. O mejor, tráiganme los cubos de pollo. Puedo freír todo el pollo que quieran en el capó.

Le pregunto al Autista si esa es la perspectiva que necesitamos.

Recuerda los entrenamientos. Duraban siglos. Cuando estaba lanzando, llegaba un momento en que se olvidaba de sí mismo y de su brazo. Ni siquiera sentía el contacto de la bola en la palma de la mano. Todo desaparecía, incluyendo la maldita bola. No había nada en el mundo más allá del catcher agachado ahí delante, a quien ya miraba como si fuera una mancha molesta en su campo visual, una forma de contornos desdibujados. De vez en cuando, una tos o un comentario sarcástico a sus espaldas hacían reaparecer en el pasto las sombras de los entrenadores de pitcheo. Luego salía de las bocinas una voz salvadora:

"¿Cuántos lanzamientos lleva?"

"Doce mil quinientos cuarenta y tres."

"Perfecto. Prepárense para interrogarlo."

Más tarde, en el albergue, su cuerpo de atleta de alto rendimiento no era más que un bulto pesado relleno de guata, un colchón cayendo sobre otro colchón: dormir, dormir... Pensamientos reparadores. Y su mente se arrastraba por los pasillos y llegaba hasta el comedor, su lugar preferido, el lugar preferido por todos. Al día siguiente, allí lo estarían esperando sin falta los caldos hipercalóricos, los batidos energéticos... Sí, la comida era buena en Guantánamo, no se puede negar que era buena y abundante. Aunque él nunca se pudo sacar de encima una vaga sensación de que a aquella comida le faltaba, no sé, le faltaba siempre algo.

*

Entra al restaurante un sujeto sospechoso, grotescamente disfrazado. Se ve que no quiere que lo reconozcan. Una máscara blanca le cubre el rostro. Lleva en la cabeza un cubo de Kentucky

Fried Chicken al que le ha puesto una pegatina que dice FUNERAL. Pienso que se trata de un artista. Pienso que se trata de un músico. Pienso: metal progresivo, thrash metal, funk, electrónica, jazz, bluegrass, avant-garde. Todo eso.

*

Por suerte lo suyo no era batear. Aunque a la larga no sabría decirnos qué era lo peor.

Estaba el bate de plomo macizo, que te provocaba varias hernias discales y te dislocaba los dos hombros al efectuar el swing. Estaba el bate de densidad ósea, que se partía de nada, y cada bate que partieras te costaba un hueso roto, para que aprendieras a no romper lo que era del equipo, o sea, de todos. Pero en las prácticas de bateo, a lo que más temían sus compañeros era al bate nunchaku.

Aparentemente un bate común, pero al efectuar el swing aquel implemento asiático se dividía en dos mitades unidas por una cadena. En dependencia del largo de la cadena, la mitad superior golpeaba al bateador en la cabeza, en la espalda, en el abdomen o en las costillas. Una cadena bien larga se te podía enroscar en el cuello. La práctica se volvía aún más inclemente porque no había manera de diferenciar un bate común de un bate nunchaku, no sabías si el bate se iba a separar por el medio al hacer el swing. Cuando pensabas que no, terminabas apaleándote a ti mismo con tu propio estilo de bateo y usando tu propia fuerza. Cuando pensabas que sí, producías un swing flojo y ridículo, encogiéndote como un animal asustado, y entonces el bate resultaba ser normal. Por supuesto, nunca te empatabas con la bola.

Una modalidad menos violenta pero igual de apabullante era el bateo interiorizado. En lugar de bates se empleaban escobas,

La Autopista: the movie

bastones, sombrillas, cañas de pescar, jamos para cazar mariposas... Swing tras swing, el bateador escuchaba una grabación de risas. Las risas grabadas de sus compañeros.

El entrenamiento al aire libre se combinaba con gimnasio, donde era obligatorio estar desnudos. Un dispositivo óptico instalado en las paredes provocaba que algunos penes se vieran en tamaño reducido. El efecto reductor era aleatorio, en una escala que iba de tamaño todavía normal a tamaño microscópico, y afectaba siempre de uno a diez penes, nunca más. Todos se miraban continuamente mientras levantaban sus pesas, chequeando las dimensiones de su propio pene y del pene de los otros.

Claro que no todo giraba alrededor del aspecto físico. A primera hora emprendían actos matutinos que invariablemente contenían frases del tipo: "Nosotros, peloteros cubanos", e invariablemente terminaban con juramentos.

*

Cabeza de Cubo dice:

—Yo soy Buckethead. Fui criado por aves de corral. De joven hice espectáculos de marionetas en las esquinas hasta que compré mi primera guitarra. Eso lo cuento en una canción de mi quinto disco, Monsters & Robots. Mi misión en la vida es alertar al mundo del holocausto que se está cometiendo con los pollos en las cadenas de fast-food de todo el planeta. Aquí estoy.

—El holocausto aquí ya ocurrió —murmura el Autista al pasar transportando hacia otra mesa unos Big Macs de imitación. A todo el mundo le ha dicho que las hamburguesas son de carne humana. El

Pícher Frío no sabe que esa es la razón por la que vende tanto, la razón por la que sus clientes se están llevando hamburguesas a montones.

—Descontando pollo frito, ¿va a pedir algo? —pregunto, listo para anotar. Pero en lugar de mirar el menú, Cabeza de Cubo está mirando la ambientación beisbolera del restaurante.

—Curioso. ¿Por qué El Pícher Frío?

—Porque el dueño fue pitcher.

—¿Y lanza bolas de helado?

*

Recuerda a varios amigos. Alexander, que de niño juró que nunca sería pelotero. Tito Barba, conocido y reputado como El Psicópata de Santa Cruz del Sur. Cabrerita, un matancero de la Ciénaga que por modestia había rechazado ofertas millonarias de los Yankees y los White Sox: "Yo no soy tan bueno, cualquiera de ustedes es mejor que yo", decía. "Además, ¿qué voy a hacer con tanto dinero?"

No todos sus amigos eran pitchers, aunque estaba obligado a compartir más tiempo con otros pitchers. Una vez, durante el calentamiento, se pusieron a discutir la procedencia del término bullpen:

De bull, toro, y pen, corral. Inglés elemental. El bullpen es donde esperan los toros antes de que los suelten a la arena del rodeo. El bullpen es donde esperan los toros antes de ser conducidos al matadero. Etcétera. Luego empezaron a lanzar interpretaciones menos rectas: el corral podía referir a una jaula, o una celda, o un conjunto de jaulas o celdas (pen), y el toro encarnaba al guardián (bullpen), lo cual se sostenía en el hecho que los guardias de las prisiones suelen tener rasgos de toro: grandes, robustos, de mal carácter... Luego salió el tema de los japanese-americans en la Segunda Guerra Mundial. Después de Pearl Harbor, el gobierno de Estados Unidos recogió a todos sus japoneses de la costa oeste y los repartió en centros de internamiento improvisados por todo el país. Los pitchers no estaban fuertes en historia: aquello fue una información instantánea que nadie supo de dónde había salido, una brisa subliminal que sopló de pronto en el terreno y en la cual se escuchaban voces. Voces que mascullaban un inglés disonante y no tan elemental, un inglés de Grandes Ligas. Entre ellas, una voz sobreviviente de un campo fronterizo entre California y Oregón:

"Prisoners in the military prison lived in wooden buildings which offered some protection from the severe winters. However, prisoners in the bullpen were housed outdoors in tents without heat and with no protection against the bitter cold. For the first time in our lives, those of us confined to the bullpen experienced a life and death struggle for survival..."

Y cuando se fueron calentando, hablando ya por hablar, los pitchers recordaron a William "Big Bill" Haywood, el tuerto de Salt Lake City, el activista sindical que sin duda habría sido un magnífico pelotero, pero que en lugar de béisbol, en las minas y en las peleas con la policía, aprendió socialismo. Bill —"I've never read Marx's Capital, but I have the marks of Capital all over me"— Haywood, que murió solitario y deprimido en Moscú, asesinado por el alcohol y la diabetes, deseando poder regresar a la Liga Laboral de su país. El viejo Big Bill, en cuya autobiografía los pitchers leyeron (en Guantánamo los pitchers leían) sobre huelgas y mineros de Idaho que pasaban "months of imprisonment in the bullpen, a structure unfit to house cattle, enclosed in a high barbed-wire fence". Otro libro manoseado por ellos fue Roughneck: *The Life and Times of Big Bill Haywood*, del biógrafo Peter Carlson, donde decía: "Haywood traveled to the town of Mullan, where he met a man who had escaped from the bullpen". La discusión sobre una palabra derivó así en especulación sobre la posibilidad de escapar. Entonces tomaron sus pelotas y se fueron todos a lanzar.

Un día empezaron a pasarse pelotas firmadas entre ellos, en un tráfico clandestino. La idea era que firmaran todos los que pudieran, escribir "Guantánamo" y poner al lado, ya ilegible, la fecha. Uno que no tuviera el brazo irreversiblemente destrozado lanzaba la bola lo más lejos posible, por encima de las altas alambradas. Y aunque muchas fueron descubiertas y confiscadas por los coaches antes de que pudieran lanzarlas, lo cierto es que lanzaron hacia el desierto guantanamero no pocas de esas bolas de tinta en las que no cabía una firma más...

Recuerda también a Maykel, quien se daba por realizado si un día pudiera, al menos, vender hot-dogs en las Series Mundiales. A los hermanos Arroyo, que eran como dos güijes maximizados con esteroides. Al Ráfaga, último producto exportable de Nueva Gerona. Ah, y cómo olvidar a Yusnavy Izquierdo, el chico maravilla.

*

Parece que Cabeza de Cubo no ha venido a comer. No está interesado en pedir nada. Le pregunto si quiere un Happy Meal. Me dice que no está interesado.

—Pero tomaré el juguete de recuerdo. Tráeme el juguete.

—Aquí lo ofertamos sin juguetes —le digo.

—Entonces no es un verdadero Happy Meal. Del mismo modo que lo que están haciendo ustedes no es un verdadero documental.

Debe haber visto la cámara por algún lado.

—¿Le molestaría dejarnos unas palabras? ¿Para el recuerdo?

—Una vez salí en un documental de verdad. *American Music: Off the Record*. Pero yo no decía una sola palabra: salía tocando. Eso es lo que puedo hacer por ustedes, y por el restaurante, y acaso por este islote rural. Tocar.

—Off the record —apruebo.

*

Entre todos los fantasmas del pasado, Yusnavy Izquierdo:

El muchacho era una anomalía. Jugaba bien todas las posiciones del cuadro. Corría como un velocista olímpico. Bateaba jonrones a las dos manos. Su carrera había sido una ruta migratoria. Nacido cerca de allí, en Caimanera, un pueblecito de la provincia de Guantánamo del que supo escapar a tiempo, jugó con Santiago en categorías juveniles y de inmediato se trasladó a La Habana. Con los Industriales debutó en la Serie Nacional y fue elegido novato del año. Al año siguiente ya estaba de vuelta en Guantánamo. Esta vez le iba a resultar difícil escapar.

Pero lo intentó.

—Yusnavy me propuso fugarme con él —nos cuenta el Pícher Frío—. Tenía un plan. Había estudiado las instalaciones de la base. Descifró el trazado de los conductos de aire. Lo que había que hacer era cavar, ampliando el diámetro de uno de esos túneles para que cupiera una persona. ¿Estás seguro de que por ahí llegamos hasta afuera?, le pregunté. Completamente seguro, me contestó. Pero, ¿qué vamos a hacer cuando salgamos?, le pregunté. Nos movemos, dijo, yo te guío, yo me conozco todo el Oriente como si tuviera los mapas tatuados en el cuerpo, podemos desaparecer en los montes, en los pueblos... Tú estás loco, Yus, le dije, ¿de qué pueblos estás hablando? Él se mantuvo optimista, imaginaba infinitas posibilidades una vez que estuviéramos fuera. Yo no veía más que el desierto salvaje en el que íbamos a morir calcinados bajo el sol. Le dije que no contara conmigo. Pero el hijo de puta era un prospecto convincente y carismático. Empezamos a cavar, con empeño y paciencia, día tras día, de respiradero en respiradero, aprovechando los ratos libres hasta que el cuerpo no daba más.

Tiempo después alcanzaron la distancia estimada. Se arrastraron kilómetros y kilómetros por el túnel, cavaron los últimos metros y, al borde del desmayo, con los brazos y las piernas sangrantes, emergieron a un terreno de hierba podada. Un grupo de entrenadores y médicos los estaban esperando. Hacia el horizonte, más lejos todavía, se alzaba otra línea de alambradas. La base deportiva era mucho más grande de lo que Yusnavy había supuesto. En el terreno vieron otros agujeros similares al que habían abierto ellos para salir a la superficie: eran otros túneles que también terminaban ahí, por donde habían intentado fugarse compañeros suyos en ocasiones anteriores. Los entrenadores los felicitaron. Yusnavy y él habían completado con éxito el más dramático de los ejercicios previstos, demostrando que eran unos peloteros capaces de cualquier heroísmo.

Se dejaron caer en las camillas que los médicos tenían preparadas. Antes de perder el conocimiento escuchó aquella voz:

"¿Cuántos?"

"Dos. Acaban de salir."

"Llévenlos al salón de aislamiento."

Cabeza de Cubo enchufa su guitarra y empieza a tocar. La música le inocula algo distinto al ambiente del restaurante. Una extraña ferocidad. Todos los presentes dejan de prestar atención a la basura que comen. Es una música que les dice a todos: sí, yo soy Buckethead. Es una música que dice: en materia de guitarra eléctrica, Buckethead está en el top ten. Es una música que dice: "He plays like a motherfucker" (Ozzy Osbourne).

De pronto hay un corrimiento. La música de Buckethead se desliza hacia una parte más oscura, allí donde habita su álter ego, su anagrama: Death Cube K. La entidad que acecha a Buckethead y se aparece en sus pesadillas. Su reverso. Su negativo fotográfico. Buckethead rasga las cuerdas de la guitarra y su máscara blanca se convierte en la máscara negra de Death Cube K. Los riffs ya se alejan del holocausto de los fast-foods. Ahora es una música como la que inspiró a William Gibson, en cuya novela *Idoru* hay un bar llamado Death Cube K. Es una música que dice: estamos en un bar muy lejos de aquí, tengan cuidado, el ambiente es Tokio pasado por Kafka.

*

—Tras el fracaso del plan de fuga —nos cuenta el Pícher Frío—, Yusnavy se sumió en un estado de depresión profunda que al poco tiempo dio paso a la alegría más anormal. ¿Qué pinga te pasa, Yus?, le pregunté, irritado de verlo a toda hora contento. Vamos a salir de aquí, me dijo. ¿Cuándo?, me entusiasmé. No sé cuándo, algún día, me dijo, el caso es que estaremos fuera. Entonces le pregunté cómo podía estar tan seguro de eso, y él me explicó que había visto el futuro, o mejor dicho, que había estado en el futuro. No una, sino varias veces. No sé lo que pasó, me dijo, a lo mejor es que yo estaba tan deprimido que entré en un estado alterado de conciencia, y eso provocó que mi mente empezara a viajar en el tiempo. Ahora sí te fundiste completo, Navy, le dije. Eso no puede ser, no se puede viajar en el tiempo. Yo sí puedo, ripostó él, pero no está bajo mi control, va y viene, y me lleva siempre al futuro. ¿Pero cómo?, ¿cómo es posible?, insistía yo. Pensé que mi deber era ponerlo frente a frente con la irracionalidad de lo que estaba diciendo. En el fondo lo que tenía era envidia. Él se veía tan feliz y yo quería desenmascararlo, quería verlo quebrarse. A ver, explícame, ¿cómo es posible que tu mente se vaya sola por ahí?, ¿y mientras tanto tu cuerpo qué hace?, ¿se queda al campo? Pero el hijo de puta se encogía de hombros, diciéndome: lo único que sé es que yo he viajado en el tiempo aunque a ti te parezca increíble, no me importa nada más. Empecé a encabronarme. Le grité: ¡Viajar en el tiempo es una fantasía! ¿Cómo puedes hablar de esa mierda fantástica y de ciencia-ficción después de todo lo que hemos vivido tú y yo aquí? ¿Así es cómo piensas escaparte ahora? ¡Cojones, esto es la realidad! Quizás fui duro con él, pero yo necesitaba que Yusnavy regresara, que permaneciera conmigo en el presente insoportable, resistiendo. Tenía miedo. Recuerdo que entonces él me abrazó y me dijo: no te puedo contar mucho porque aquí todo se oye, pero te voy a decir dos cosas, de sobreviviente a sobreviviente: uno, tú y yo vamos a salir de aquí más tarde o más temprano; dos, yo voy a jugar en la Liga de Japón, que allí es donde se va a poner buena la cosa por lo que vi. Después de escuchar eso lo dejé por incorregible. Me dio un poco de lástima. Desde entonces, de vez en cuando y únicamente por joder, le preguntaba: novato, ¿el futuro sigue ahí?, y él me contestaba, riendo: el futuro soy yo.

La Autopista: the movie

En las madrugadas no hay mucho trabajo, el restaurante casi siempre está vacío. Hora de salir a la intemperie a contemplar los destellos parpadeantes del anuncio de neón, a escuchar el zumbido intermitente de la autopista, tan cerca y tan lejos.

Esta madrugada me tropiezo con el Pícher Frío, que viene del parqueo. Me dice que últimamente no ha podido dormir. Me habla de los juguetes con los que sueña despierto, los juguetes que les faltan a sus Happy Meals. Quiere que la gente haga cola por sus Happy Meals, que se los lleven a montones. Quiere que la gente se pregunte lo mismo que se preguntó el Joker sobre Batman: "Where does he get all his wonderful toys?". ¿Pero de dónde, de dónde los saco?, me pregunta, se pregunta a sí mismo. Si tuviera juguetes sofisticados, superjuguetes, carros vivientes en miniatura, por ejemplo. Como ese carro tuyo, dice. No es mío, es del Autista, le digo. Él me mira. Creí que tú eras el Autista, dice, y agrega: No importa, el caso es que necesito productos así de espectaculares. Además, cuando se estrene la película que están haciendo ustedes, los carritos pueden formar parte del merchandising. Le digo que no es para tanto. Él insiste en que el carro autista es una especie de maravilla. Me dice que han hablado mucho, el carro y él. Han hablado casi todas las noches. Me preocupo. Le pregunto de qué han hablado pero el Pícher Frío no me responde. Se queda en silencio, y así es como lo veo por última vez: vivo todavía, con los ojos cerrados, pensando seguramente en los juguetes que nunca tendrá, murmurando para sí mismo: ese carro... ese carro...

*

Lo encontramos al día siguiente. En el frigorífico.

—Ven a ver esto —me dice el Autista, y voy y me lo encuentro colgado por el cuello, colgado como un trozo de carne congelada.

Se puso su uniforme de pelotero. Se puso hasta el guante.

El Autista lleva puesto un abrigo de piel con gorro, botas gruesas, dos pantalones, uno encima del otro. Se viste como un esquimal cada vez que tiene que entrar al frigorífico, aunque no sea más de un minuto lo que tiene que estar dentro.

—¿Qué hacemos con esto? —me pregunta tocando el cuerpo inerte, haciéndolo oscilar.

—¿Qué quieres decir?

*

Art Spiegelman, o alguien que se hace pasar por Art Spiegelman, o alguien que se cree Art Spiegelman y que todavía está masticando pedazos de sí mismo cuando se acerca la cámara:

"Lo que me gusta de los cómics", dice limpiándose la boca y los dedos con la servilleta, "es la grasa de pollo: ese material que te hace volver y leer lo mismo una y otra vez, porque hay algo siniestro bajo la superficie. Un material con cierta urgencia".

XXX

Lo que fue La Habana. Lo que nunca fue. Lo que sea que haya sido. La autopista lo ha borrado del mapa. En su lugar, el inabarcable asfalto que llena nuestras pesadillas. Pero tenemos una película en marcha. Tenemos un restaurante. Esperamos, de un momento a otro, un disparo de la suerte.

*

Un día recibimos a un misterioso visitante:

—¿Les interesa vender el local, muchachos?

—¿Quién es usted? —pregunto.

—Se me conoce como Santos. Soy de la Mafia de Miami. —Pone sobre la mesa un maletín negro, lo abre: está repleto de fajos de billetes de cien dólares—. Para como están las cosas en el rancho, es bastante dinero. Pueden cogerlo y largarse de aquí. O pueden quedarse a trabajar con nosotros y duplicar esta cantidad en unos meses. Piénsenlo.

Y lo pensamos.

Y lo único que pienso yo es que necesitamos una locación estable para continuar filmando Lo Que Aparezca.

El Autista dice:

—Nos quedamos.

—Como quieran. Firmen aquí.

—¿Qué van a hacer con el restaurante?

—Dejará de ser un restaurante, por supuesto. Montaremos cualquier negocio pantalla para ocultar un salón de juego en la parte de atrás. —Ahora Santos pone sobre la mesa una cajita, la abre: adentro hay una lombriz—. Esta es Lansky, de una especie de lombrices que nosotros cuidamos. —Pone la lombriz en su mano—. Las cultivan en una región remota, allá por Polonia, Lituania o Bielorrusia, nadie sabe bien, y luego nos las envían. Fíjense, esta que es de las más antiguas todavía tiene un poco de tierrita del comunismo. —Acaricia con un dedo a la lombriz—. Dime, Lansky, ¿qué negocio es el que vamos a poner? Tiene que ser algo que no llame mucho la atención en esta zona, recuerda. Una tiendecita discreta... —Santos acerca la lombriz a su oreja—. ¿Cómo dices? Repítelo, por favor. Ok, Lansky Lombrizky, si eso es lo que quieres... ¿Y qué nombre le ponemos a la sex-shop? A ver, ¿qué nombre quieres que le pongamos? —Santos nos mira y sonríe—. Je, je. ¿Ustedes están oyendo?

*

Rápidamente, el fast-food que nos alimentaba queda convertido en una sex-shop llamada La Gusanera.

*

—Martínez Junior, es un placer —nos dice, tendiéndonos la mano, el otro representante de la Mafia de Miami: un tipo canoso y corpulento, un habano y quince cadenas de oro—. Así que autista, ¿eh?

—Sí, pero no —dice el Autista.

—Es un apodo —aclaro yo.

—Pero tendrás ese apodo por algo, ¿no? A lo mejor porque tienes facultades especiales, como una memoria extraordinaria o la capacidad de hacer cálculos complejos. Porque eres un gran observador y tienes un poder de concentración más allá de lo común. Perfecto. Tú te vas con nosotros para el salón de juego. Tu trabajo va a ser supervisar, contar fichas, contar cartas, mirar fijamente la ruleta, encontrar patrones geométricos en las vueltas de los dados, detectar goticas de sudor en las frentes de los jugadores. Todavía no lo tengo claro, pero intuyo que puedes ser de utilidad para pillar a los tramposos y a los espías. —Martínez Jr. me mira inmediatamente a mí—. Tú te vas a hacer cargo de la tienda. No sabes nada de un salón de juego a menos que te digan la contraseña. La contraseña es "vengo a jugar ilegalmente". Ah, y también tienes que hacer el espectáculo de peep-show. No tenemos a más nadie.

—Pero yo no soy una stripper —le digo.

Él me entrega un libro muy manoseado.

—Unlikely —pronuncia—. Inverosímil, atípico... Santos, cojones, suelta ya esa lombriz.

El libro es *Candy girl: a year in the life of an unlikely stripper*, de Diablo Cody.

—¿Qué se supone que haga con esto?

—Leerlo —me dice.

La Autopista: the movie

Inventario:

Libros y revistas para adultos. Películas para adultos (este documental). Vibradores variados. Penes y vaginas. Lencería fulminante. Accesorios S&M. Disfraces. Consolas para sexo virtual. Hormonas. Muñecas adultas. Comida para adultos. Cajas de cereales Dushku. Etcétera.

Inventario:

Habían prometido, para la apertura de la tienda, traer a "la estrella porno más grande del mundo". Imaginamos a un animal exquisito y calibrado, un diablo con cuerpo de mujer. Pero el día de la apertura ellos se aparecen en compañía de otro hombre. Un tipo de lo más ordinario, sin pizca de glamour. Ni mafioso ni cuban-american. Santos y Martínez Jr. nos lo presentan como Spencer Elden. Sí, la estrella porno más grande del mundo.

*

Spencer Elden era un bebé recién nacido cuando le hicieron la foto. Un bebé al que fotografiaron desnudo, bajo el agua, flotando. En la foto salía también un anzuelo y un billete como carnada. Era la cubierta de un disco. Era el disco que traía la canción indicada en el momento justo: Smells like —"I was trying to write the ultimate pop song" (Kurt Cobain)— teen spirit. Un disco que vendió —"No album in recent history had such an overpowering impact on a generation and such a catastrophic effect on its main creator" (Rolling Stone)— billones de copias. Un disco llamado Nevermind.

Mis días en La Gusanera:

De pie tras el mostrador, desayuno cereales Dushku con leche. Los cereales Dushku son una mezcla de grumos con distinta procedencia genética. Saben bien y son muy nutritivos. En la caja se ve un águila negra de dos cabezas sobre un fondo rojo. No hay que saber mucho de cereales para saber que se trata del águila bicéfala de la bandera de Albania.

Más tarde me voy a hacer mi trabajo en el cuarto de peep-show. Subo al escenario y me pongo a leer el libro de Diablo Cody. Los clientes entran en las cabinas, echan sus monedas para abrir las respectivas ventanitas, y me miran leer. Yo no me quito la ropa, apenas me muevo, a lo sumo intento pasar las páginas del libro con sensualidad. Al poco rato los hombres empiezan a masturbarse. Lo sé porque al final del día tengo que reponer el papel sanitario que falta en las cabinas. En algunas encuentro semen en el suelo y en las paredes, pero siempre muy poco. No soy una gran atracción, lo único que hago es leer. Supongo que a algunos les excita el hecho de verme ahí leyendo, mientras que otros se excitan a causa del libro que estoy leyendo. Es fatigoso porque la iluminación del cuarto es tenue, como corresponde al erotismo del show. Aun así, sensual y lentamente, voy avanzando en la lectura. *Candy girl: a year in the life of an unlikely stripper* es de esos libros que vienen de un blog. Diablo Cody ya había documentado sus experiencias como stripper del Midwest en un blog titulado *Pussy Ranch*. A mí me cruza por la cabeza la posibilidad de documentar las mías como lector de *Candy girl: a year in the life of an unlikely stripper* bajo la mirada de los masturbadores de la Post-Havana. La misma Diablo, un animal altamente preparado que de la barra saltó a escribir y a producir para cine y televisión, podría coger las grabaciones de las cámaras de seguridad donde salgo yo leyendo su

119

libro, podría coger mi blog *Pussy Ranch 2.0: Pero yo no soy una stripper*, podría coger incluso el concepto autista del documental (en caso de que exista algo así), y convertir todo esto en otra cosa. En algo mucho más rentable.

*

Mis días en La Gusanera:

La mayor parte del tiempo estoy acompañado por la lombriz. Lansky se arrastra por la tienda, escala los estantes, busca una tierra que no hay. Pero no por eso deja de comer. Ha crecido y engordado considerablemente a base de leche con cereales Dushku. Blando, segmentado y a ratos traslúcido, tiene todo el aspecto de un pene alienígena. Los clientes suelen pensar que se trata de alguna clase de producto biónico, mitad dildo, mitad mascota. Hombres y mujeres han intentado comprarlo.

De vez en cuando el Autista se escabulle del salón y viene a verme a la caja registradora. Me entrega las grabaciones de las cámaras de seguridad. Subrepticiamente, para que no lo noten esas mismas cámaras de seguridad. Los mafiosos están obsesionados con las cámaras de seguridad. Llenaron la tienda con ellas y allá atrás, me ha dicho el Autista, tienen una hilera de monitores. Lo ven todo pero siguen sin ver nada, me ha dicho. Están concentrados en las partidas de póker, las apuestas, el azar...

Y a propósito de visión de juego, el Autista me pone al tanto de cómo le está yendo a Spencer Elden, nuestro Special Guest Star.

Los otros jugadores (algunos mafiosos habituales, conocidos de Santos y Martínez Jr., algunos viajeros lacónicos y sombríos, un desfile patético de cuban-americans que no eran ni una cosa ni la otra) entraban y salían del salón; el único que permanecía era Spencer. Apostaba. Perdía. Volvía a apostar. Perdía otra vez. Se tomaba un trago. Se tomaba un tiempo. Lloraba. Reía. Pedía dinero prestado. Pedía otro trago. Empezaba de nuevo. Y así varios días y varias noches seguidas. El Autista dedujo que aquello no iba a terminar bien. Decidió sacarle algo a Spencer antes de que su estrella se apagara por completo. Se acercó a él y le dijo que quería entrevistarlo. Spencer, tirado en el suelo, levantó a duras penas una mirada desvanecida por el alcohol y preguntó: ¿Quién eres tú?

La MTV, respondió el Autista. Soy lo más cercano a la MTV que te vas a encontrar en este rancho.

¿En dónde estoy?

El Autista le echó agua en la cara.

Estoy en el agua, dijo Spencer.

No, no lo estás, le dijo el Autista.

Toda mi vida he estado en el agua, insistió Spencer. No se trata de un trauma de la infancia, quiero dejar eso claro. Yo no me acuerdo de nada, yo era un bebé.

Por supuesto, dijo el Autista. Eras un sexy bebé desnudo bajo el agua.

Spencer asintió, suspiró. Sí, aquella imagen adquirió vida propia y él creció junto a ella, sus vidas arrancaron unidas. Vio la foto cubriendo paredes y carpetas, la vio impresa en cientos de pulóveres, la vio en miles de revistas, la vio proyectada en el cielo, aprendió a encontrarla dondequiera que estuviese, parodiada y manipulada y consumida hasta el infinito. Después supo que era la cubierta de un disco, y que ese bebé tan conocido por todos, podría decirse que el bebé más famoso del mundo, era él. Había sido él. Y hacía rato que Cobain se había pegado un tiro en la cabeza.

En la cabeza de Spencer, la imagen implantada se volvió un tumor. De adolescente empezó a verse a sí mismo flotando bajo el agua, nadando, tratando de alcanzar el billete ensartado en el anzuelo. Mientras caminaba, mientras comía, mientras miraba la MTV, haciendo lo que estuviera haciendo, lo asaltaba esa poderosa sensación de estar sumergido, sentía incluso la resistencia del agua en cada movimiento y su visión era borrosa. Lo más nítido en su visión era el billete. El billete se le aparecía en cualquier parte, sin importar lo que hubiera en ese momento en su campo visual, y él no podía evitar el impulso de nadar en su busca. Bajo el agua no había otra cosa que ese billete colgado del anzuelo. El anzuelo no le preocupaba, aunque sabía que estaba ahí por una razón. Quizás el impulso no consistía tanto en ir tras el billete por el billete mismo, sino en permitir que lo atrapara el anzuelo para así poder salir del agua. De cualquier forma, billete o anzuelo, él nunca pudo alcanzarlo. El objetivo, siempre a su alcance, estaba siempre un poco más lejos. Nadaba sin avanzar en una imagen estática. Y claro, no podía respirar.

Pero lo peor, cuando pasaba por esos trances, no era la sensación de ahogo, no era el hecho de no poder salir del agua ni tampoco dejar de perseguir el billete. Lo peor era estar desnudo. Lo peor era saber que todo el mundo lo estaba mirando. Sentir las miradas de todo el mundo encima de su pene.

Hasta que un día decidió rebelarse. Darles a todos lo que todos querían. Ya era un adulto, podía tomar decisiones sobre su cuerpo. Entró al quirófano y se sometió a una operación carísima:

miniaturización de pene. Se convirtió en un hombre con pene de bebé. Convirtió su pene en una lombricita y se desnudó para los fotógrafos.

Hice lo que tenía que hacer, dijo Spencer Elden. Traten de verlo.

*

Mala suerte, sentenció Martínez Jr. Game over.

Spencer pidió otro día, otra oportunidad...

No, ya te hemos dado muchas oportunidades. La última fue traerte aquí. Ahora vamos a dar un paseo.

Venimos dentro de un rato, le dijo Santos al Autista. Escoltaremos a la estrella porno de regreso a la autopista. No queremos que sufra un accidente.

Salieron por atrás. Subieron a la camioneta. Los tres sabían adónde iban. Lo que no sabían era que el Autista le había puesto un micrófono a Spencer.

La camioneta tomó la dirección contraria a la autopista. Se internó en un camino de tierra por el fondo de la sex-shop.

(Spencer.) Se los juro, haré cualquier cosa, cualquier cosa...

(Santos.) Lo que tenías que hacer era pagar lo que debías, y no lo hiciste.

La camioneta rodando por un terreno irregular. Rocas aplastadas. Dejó de escucharse el sonido de fondo de los carros al pasar. Se alejaban de la autopista en dirección al desierto.

Se detuvieron.

Bajaron a Spencer de la camioneta.

(Martínez Jr.) Siempre hubo preocupación contigo, mi socio. Desde el día en que la discográfica vio la foto. Les preocupaba que se viera tu pinguita, que es la misma que tienes ahora, la que has tenido siempre, ¿no? (Risas.) Bueno, pues prepararon un cover alternativo donde no se te veía, pero el cantante del grupo... ¿Cómo se llamaba el que después se suicidó? Kurt Cobain. El tipo se negó cambiar nada. Supongo que ya sabías eso. (Silencio.) Lo que trato de decirte es que, si quieres, y esto es lo último que vamos a hacer por ti, y ya hemos hecho más de lo que te imaginas, si quieres te disparas tú mismo a la cabeza. Puedes pensar que eres Cobain y hacer lo mismo que él hizo. Puedes pensar que es tu forma de dispararle a Cobain, quitártelo de arriba para siempre. Tómalo como algo que te has ganado, algo que vale mucho más que el dinero. Adelante. No tengas pena, Elden. Mi color favorito es el rojo. (Un largo silencio.)

El disparo.

Empiezan a cavar.

*

Actuamos como si nada hubiera pasado. Todo sigue igual en la tienda. El peep-show, el juego clandestino andando. Hasta el momento en que me doy cuenta de algo.

El Autista.

Hace rato que no veo al Autista.

Voy allá atrás. Toco la puerta. La puerta está abierta. Entro. En el salón de juego no hay nadie. Si hubieran salido por el frente yo los hubiera visto. Si se fueron otra vez al desierto, ¿por qué no han regresado? Me pongo a registrar unas gavetas. Hay un montón de files, expedientes clasificados, evaluaciones con varias equis: una, dos, tres... Hay un póster en la pared. MTV: Miami Television. Cierro la puerta y regreso a la caja registradora y me pongo a contar billetes. Supongo que ahora estoy al frente del negocio.

*

Mis días en La Gusanera están contados.

*

Yo estoy desayunando cuando ella llega.

Me estremezco nada más que de verla.

—Eres la muerte —le digo—. Eres la Mafia de Miami.

—¿Hay una mafia de Miami? Eso es lo más provinciano que he oído en mi vida.

*

Me estremezco nada más que de verla.

—Has venido a matarme. Te mandó la Mafia de Miami.

—No, cariño, soy de Boston —dice, y yo respiro aliviado—. ¿No debes pedirme un carnet para dejarme entrar aquí legalmente? ¿Cómo sabes que soy mayor de edad?

—Apuesto a que eres una sexy bebé cuando estás desnuda.

—Easy, pervert. Ya ni siquiera tengo edad para ser una cheerleader. La edad que tenía o que pretendía tener en aquellas series y películas de antaño... Para mí el espíritu adolescente está muerto y enterrado.

La Autopista: the movie

Yo estoy comiendo mis cereales cuando ella llega. Coge a Lansky y se lo mete en la boca. Primero lo prueba. Lo chupa despacio. Se empuja a Lansky hasta la garganta. Después lo muerde, le arranca la mitad. Mastica a Lansky despacio y me mira, sonriendo. Lo traga y se come el segundo pedazo. Buenísimo. ¿Cuánto te debo? No estaba a la venta, le digo, ni siquiera era comestible. Oh, lo siento, dice ella. Es que me he pasado toda la madrugada conduciendo. Tenía hambre. No había desayunado. Y eso se veía tan...

*

Yo estoy desayunando cuando ella se acerca a la caja registradora. Trae una película en la mano. No leo el título. La línea promocional dice: "Fuck the cheerleader, fuck the world".

*

Ella se acerca a la caja de cereales. La caja ya está vacía. No trae una película en la mano sino una tarjeta. La tarjeta dice: Boston Diva.

—Es el nombre de mi compañía productora.

—¿Y tú? —le pregunto.

—Eliza —se presenta—. Eliza Dushku.

—Sé quién eres. Desde que entraste. Mi pregunta es qué haces aquí.

—Negocios —dice, masticando su chicle con un ímpetu tremendo—. Hay rumores de que se está cocinando algo bueno por estos lugares.

—Rumores.

—Sí.

—Sobre una película.

—Eso espero.

—Que a ti te interesa producir.

—Que tal vez pudiera interesarme.

—Me alegro.

—¿Te alegras?

—Me alegro por ti.

—¿Has escuchado esos rumores?

—No. Lo mío es ocuparme de esta tienda.

—Ya veo. —Eliza Dushku sonríe. Puedo ver sus dientes. Hace un movimiento provocador con los labios y por un instante puedo ver también su lengua. Incluso puedo ver el chicle. La pequeña masa blanca entre sus dientes—. ¿Necesitas mi ayuda?

*

¿Y quién no?

Todo el mundo necesita una actriz.

*

Le muestro a Eliza Dushku el escenario donde suelo leer el libro de Diablo Cody.

—Yo no voy a necesitarlo —me dice—. Sé perfectamente cómo hacerlo sin leer ningún libro de instrucciones.

De eso no me cabe la menor duda.

—Es lo menos que puedo hacer, después de haberme comido tu lombriz.

—No era mi lombriz.

—Sabía que ibas a decir eso. —Eliza Dushku se desabrocha el cinto, desciende el zipper hacia su entrepierna, los jeans se deslizan por sus caderas—. Mira y aprende.

*

Ella prefiere otra modalidad. Private dance: un solo observador. Es mejor concentrar los movimientos hacia una sola cabina. También quiere el audio abierto, para que el cliente no sólo mire sino que también escuche lo que ella va a decirle.

Se trepa en bikini a la barra vertical, se acopla a la perfección con el tubo. Como si llevara toda la vida haciéndolo. El cliente pega el rostro a la abertura; es probable que en breve su nariz se estrelle contra el cristal (algunos dejarán el cristal manchado de sangre antes de derramarse por completo dentro la cabina). Ella susurra: Hola, cariño. Soy una muñeca. Soy tu muñeca.

Y empieza a desarrollar la idea. Cuenta que pasó su infancia en una casa de muñecas. Ella era una pequeña muñeca que jugaba con muñecas y fue creciendo y se convirtió en una muñeca grande y buena. La muñeca que ahora es tuya. La danza privada acompañada de anécdotas íntimas y memorias de guardarropa y encajes. Para el cliente no tarda en llegar la primera de una larga serie de eyaculaciones extremas.

Y cuenta que un día recibió una llamada telefónica. Hello, ¿Eliza? Sí, soy yo, ¿quién es? Te habla el Presidente. ¿Cuál presidente?, preguntó ella, distraída, untándose los muslos con crema hidratante, frotándose los muslos hasta hacerlos brillar. El Presidente de Albania.

Te llamo para hacerte una invitación oficial. En Albania estamos muy deseosos de que vengas a encontrarte con tus raíces.

Su padre, Philip Dushku, era albanian-american. Ella hizo las maletas.

El Presidente la estaba esperando en el aeropuerto. La llevaron al hotel más lujoso de Tirana, a una suite donde tenía una cama inmensa para ella sola, con sábanas deliciosas en las que restregarse como una muñeca traviesa. Así, cariño, así. En esas sábanas me impregno del semen rico que tú me das. Y la danza se mete en el espacio privado de una muñeca en la suite de un hotel albanés. La intimidad del baño, porque ella también tiene que sentarse en la taza a orinar un líquido similar a la orina y lavar en la ducha el material exclusivo con que está hecha su piel y su hermoso pelo que por supuesto es pelo real. La hora de acostarse a dormir, peinada, acurrucada, satisfecha, con el televisor puesto en un canal que difundía noticias de permanente crisis en un idioma bárbaro.

Fue a visitar a la familia de su padre. Compartió con amigos y vecinos. Conversó con la gente, pidió que le contaran historias y tradiciones locales. Un periodista le dijo que allí el Partido Comunista había mantenido el estalinismo incluso después de que los soviéticos lo abandonaran. Qué interesante, comentó ella. Disfrutó el paisaje, el contacto con la tierra de sus antepasados. Se hizo fotos en las montañas.

Fue a Kosovo. Habló con mujeres que habían estado en campos de refugiados, con hombres que recordaban los bombardeos como si hubieran ocurrido el día anterior. Vio cicatrices que nunca imaginó que fuera posible tener. Vio mutilados. Pasó una noche con un viejo paramilitar al que le gustaba recibir latigazos y tenderse como una alfombra en el piso para que ella le caminara por la espalda con sus tacones de aguja. Hizo un trío con dos apuestos soldados de la ONU. Su motor pélvico a toda máquina. Su esqueleto de metal con articulaciones altamente flexibles adoptando infinidad de posiciones. Mira hasta dónde puedo abrir las piernas, ¿te gusta, verdad? Ya veo cuánto te gusta. Puedo estirarme y doblarme y torcerme para ti. Puedes hacer todo lo que quieras conmigo. Y también lo hago con mujeres.

En Kosovo conoció a una chica que trabajaba para Human Rights Watch. Te he estado observando desde que llegaste, le dijo la chica de HRW. Eres la muñeca con que yo soñaba de niña. Eres tan... realista. ¿Esto es silicona o algo muy superior?, le preguntó la chica, acariciándola y chupándola por fuera y por dentro. Tú eres la observadora, le contestó ella, ¿a ti qué te parece?

Una comitiva de funcionarios la seguía a todas partes, pero en ocasiones pudo escabullirse y andar sola, de incógnito, por pueblos fantasmales donde siempre fallaba el suministro eléctrico. Así conoció a un grupo de muchachos que pasaban el tiempo en un garaje, fumando y bebiendo. No entendió una palabra de lo que decían, pero se divirtió muchísimo con ellos. Fregaron piezas de automóviles y se arrojaron espuma. Ella se acostó en bikini sobre una carrocería y se dejó empapar el cuerpo con gasolina de contrabando. Ojalá que el Presidente no se entere de esto, decía riendo. Luego se llevó las manos al minúsculo bikini. Para quitárselo. Sí, cariño, este bikini que tengo puesto. ¿Ya estás desesperado porque me lo quite? ¿Estás a punto de venirte otra vez? Dale, vente conmigo. Y se quedó desnuda frente aquellos pobres muchachos de los Balcanes, y les dijo: Pueden acercar un fósforo que este cuerpo es incombustible.

Y se queda desnuda sobre el escenario y, en un golpe de efecto puramente ornamental, el último giro de su danza revela el tatuaje-souvenir que se imprimió como un chip en la nuca: un águila negra de dos cabezas. El águila negra que simboliza la rebeldía de Albania frente a los conquistadores extranjeros.

*

En cuanto termina el espectáculo, Eliza Dushku se viste, se despide de mí hasta el día siguiente y se va, masticando su chicle con la energía de siempre. Hace el trabajo varias veces y luego no se aparece más por la tienda. Finalmente me quedo a solas con mi sospecha.

Los hombres.

He visto a los hombres entrar a las cabinas, pero no los he visto salir al finalizar el espectáculo.

Reviso las cabinas. Todas están ocupadas.

No he visto salir a ningún espectador porque todavía están todos ahí.

No son precisamente cadáveres, así que no sé si cuentan como asesinatos.

La última vez, al despedirse, ella me dijo: Te dejé un buen material. Y me guiñó un ojo. Pensé que se refería a su striptease-memoir: El viaje a las raíces. Ella sabía que yo estaba documentando su documentación en vivo con mi cámara de seguridad (la cámara que encontramos encendida en un búnker subterráneo, la cámara que lo vio todo pero no vio nada). Yo no sabía que ella no pensaba volver.

Para qué volver, si ya las cabinas estaban llenas hasta el tope con esa masa blanca que se había ido acumulando y amontonando desde su primer show. Una masa informe, viscosa, pulposa, en la que ya no quedaba rastro de los hombres con sus respectivos penes en las manos. Apenas unos grumos cartilaginosos por aquí y por allá, tiritas de ropa, un globo ocular enrojecido mirándome desde la última capa de erupción seminal.

En las zonas en que ya se ha secado, el material tiene consistencia de chicle.

*

No hay gasolina por ninguna parte, pero los mafiosos tenían un buen alijo de Havana Club. Destapo unas cuantas botellas. Rocío los montones de desecho blancuzco y les arrojo un fósforo: arden estupendamente. Riego el alcohol por toda la tienda. El fuego se propaga. Las llamas se extienden como lenguas voraces entre los videos, las revistas, los sex toys. Recojo mis cosas y salgo envuelto en humo.

A mis espaldas estalla la vidriera.

Echo a correr.

Grandmaster

Me desplazo hacia el sur, alejándome de la costa norte sin mirar atrás. El sur es una pregunta sin respuesta: de dónde vienen y adónde van todos esos carros.

(¿Curaçao, Cartagena, Colón, pasar por el Canal de Panamá Petrificado y seguir hasta unas Islas Galápagos cubiertas de cemento y gasolineras y centros comerciales?)

El multimillonario venezolano que me encuentro en el motel ha visto de todo. Vio las distintas fases de la superconstrucción, presa del vértigo, sacando la cabeza por la ventanilla de su Boeing privado. Ancló su yate más lujoso a la sombra de lo carriles más altos. Sobre el Caribe se levantaba ahora una megaestrutura zigzagueante, y encima de ella los conductores desafiaban el día, la noche, el viento del mar. Sobra decir que el multimillonario venezolano no vino hasta aquí ni en avión ni en yate: vino por la autopista.

*

Pregunto en la recepción del motel si disponen de alguna habitación maldita, de esas que nadie pensaría que está ocupada por un ser vivo.

—Tenemos una habitación donde una mujer mató al marido hace apenas unos días.

—Déme esa. —Pago en efectivo y pongo unos billetes adicionales en el bolsillo del tipo—. Si alguien viene preguntando por mí, y por alguien me refiero a cualquier cosa, hombre, mujer, extraterrestre, dígale que no estoy, ¿ok?

—Siempre hay alguien con más dinero que uno.

—Gracias. —Me guardo la llave—. ¿Voy a encontrar manchas de sangre o qué?

—¿El asesinato? Es una buena historia.

*

Reviso la habitación.

En la basura del baño encuentro la manzana.

Nada como una buena noche de roleplay para revivir la pasión. Ella se vistió de Príncipe. Él se vistió de Blancanieves, mordió la manzana acabadita de comprar y se tendió en la cama. Ella debía despertarlo con un dulce beso y arrancarle el vestido y violarlo. Pero no lo hizo. El Príncipe cerró la puerta de la habitación y se llevó la llave. Los que la vieron montarse en el carro pensaron que ella era él con un disfraz ridículo. Partió en medio de la noche chillando las gomas. La autopista remezcla todo eso: fantasía post-toon, ilusión atávica, el deseo de huir hasta donde sea posible.

—Hola, tú —me dice la manzana: los bordes de la mordida se mueven, le dan forma a una boca—. ¿Sabes quién soy? La manzanita de Apple.

Evidentemente, la inyección de cianuro la volvió loca.

Salgo de la habitación al anochecer, voy hasta a la máquina expendedora y luego me quedo unos minutos apoyado en la baranda del primer piso, mirando las luces de la autopista. Mirando el parqueo del motel.

Lo veo llegar.

Lo veo bajarse.

Lo veo sacar un bulto del maletero del Ferrari. Una gran bolsa.

De pronto alza la vista hacia donde yo estoy. Me meto rápido en la habitación. Al poco rato empiezan los ruidos en la habitación de al lado. Chasquidos, vibraciones, golpes metálicos que duran toda la madrugada.

*

—¡Qué bueno! Vamos a echar una partida —dice la manzanita de Apple.

El tablero es 10x10, viene con un dado y con dos piezas que yo nunca había visto.

—¿Por qué todo tiene que ser raro? —me pregunto.

—Es el Ajedrez Aleatorio de Capablanca, que combina las ideas del Ajedrez de Capablanca y del Ajedrez Aleatorio de Fischer —y la manzanita de Apple me informa que las dos piezas mutantes, innovaciones de Capablanca, se llaman "arzobispo" (un alfil-caballo) y "canciller" (una torre-caballo). La posición inicial es aleatoria: se establece lanzando el dado como propuso Fischer, las únicas restricciones son que los alfiles deben ser de distinto color, el rey debe estar entre las dos torres y todos los peones deben empezar protegidos—. Te concedo las blancas, cerebrito. Tira el dado.

La Autopista: the movie

Tocan a la puerta.

—¿Quién es?

—Espero que no te haya molestado el ruido —dice la voz.

—¿Qué quieres? —pregunto.

—¿Estás solo?

—Sí.

—¿Vas a pasar mucho tiempo ahí dentro?

—Depende.

—Te vas a aburrir.

—Ya estoy aburrido.

—De mí no tienes que esconderte.

—Gracias por aclarármelo.

—Te voy a dejar un regalo aquí afuera en señal de cooperación. Hablamos en otra ocasión, si quieres.

Pasos que se alejan.

Espero un rato.

Abro la puerta para recoger la bomba.

En el piso hay un juego de ajedrez, y una nota:

"Para que te entretengas un poco, mi pana. Me lo regaló Kasparov. Sí, ese mismo, Garry Kasparov. Yo soy de Venezuela, país hermano." (Firma: R.A.)

*

Hay que tener en cuenta que los conceptos de una modalidad distinta del ajedrez clásico cambian por completo el concepto general de lo que es una partida de ajedrez.

J. R. Capablanca: Un saludo tengan todos. Hoy estaré junto a un colega norteamericano a quien no conozco, comentando las incidencias de esta partida. Debo aclarar que no me entusiasma mucho el análisis. No estoy especialmente interesado en la teoría. Me interesan los deportes ligeros. El tenis, por ejemplo. Y la gimnasia femenina.

Bobby Fischer [manoteando ante la cámara]: Quítame eso de ahí. Apágala. Si no, me voy ahora mismo y no comento nada. Que se escuche sólo mi voz, como en las entrevistas de radio que di por todo el mundo. Por ejemplo: 11 de septiembre de 2001, Filipinas. Que se escuche la voz absolutamente fiable de un narrador.

La posición inicial obtenida del lanzamiento del dado (más que aleatoria, absurda) obliga a improvisar una apertura. Trato de seguir los lineamientos de siempre: desarrollar las piezas, luchar por el control del centro. Sea el ajedrez que sea, el centro sigue siendo el centro. ¿O no?

Para confundir a mi oponente, escojo un peón de la esquina y lo llevo tres casillas adelante. La manzanita de Apple saca el incomprensible alfil-caballo de atrás de su fila de peones.

BF: Claro que había que introducir modificaciones. El viejo ajedrez estaba muerto, ya no había creatividad. Era puro estudio y memorización de manuales. Y para colmo los rusos, astutos perros, arreglaban las partidas entre ellos. Yo vi muchas cosas, pero sobre todas las cosas yo vi el congelamiento del ajedrez, el ajedrez como una guerra fría. Por eso inventé mis propias reglas, para mandar al diablo las posiciones de textbook.

JRC: Yo nunca estudiaba. Mis libros eran los tableros, la práctica, los vestidos de las damas europeas, la práctica, las bailarinas rusas de los décadas de 1920 y 1930... Durante todos esos años el ajedrez estuvo un poco muerto para mi gusto. Demasiadas tablas. Se suponía que un tablero más grande y dos piezas nuevas agregaran espectacularidad a las partidas, pero nadie hizo el menor caso. Y eso que entonces yo era el cubano más famoso del mundo.

*

Su nombre, el nombre del venezolano, es Román. Román Abramovich.

Puedes buscar mi ELO en la revista Forbes, bromea.

*

En las primeras jugadas evito cambiar piezas. Primero debo averiguar qué hacer con ellas en este tablero que me parece enorme. Pronto llegamos a lo que se conoce como una posición cerrada, donde la manzanita de Apple parece encontrarse a gusto.

JRC: Mejor las negras. Hasta ahora lo único que han hecho bien las blancas ha sido crearse puntos débiles.

BF: ¿No estás siendo demasiado blando con las blancas?

JRC: Es cierto que, fuera del tablero, las mujeres pueden ser una debilidad. Y las debilidades pueden llevarte a perder el título mundial. Me refiero a las debilidades en el tablero.

BF: I don't like american girls. They're very conceited, you know.

JRC: Debemos tomar partido por una lengua, Bobby. Mientras estemos narrando.

Me doy cuenta de que enrocar por este lado no fue la mejor decisión. Empieza a preocuparme la diagonal b1-j9.

BF: Esta chica me mandaba cajas de bombones y cartas de amor. Decía que ella estaba en la multitud mirándome jugar, allá en Yugoslavia, que cuando yo me fui las estrellas se cayeron del cielo. Resulta que su país sufría una especie de embargo. Años después recordé esas cartas, cuando le escribí a Osama Bin Laden para brindarle mi apoyo y decirle que los dos éramos fugitivos del sistema de justicia estadounidense. Puse "justicia" entre comillas.

*

Bebemos cerveza y miramos las estrellas y vemos pasar los helicópteros-patrulla por encima del motel y Román Abramovich me habla de su ejército privado. Cuatrocientos hombres y una sola misión: protegerlo. Pero ahora está solo. Los helicópteros-patrulla no tienen nada que ver con él (ni con nadie en específico). Era más seguro viajar de incógnito, sin el séquito de mercenarios. Sus Enemigos debían suponer que estaba aún en Venezuela. El Proyecto debía permanecer a la sombra todavía. Mañana el Proyecto y él seguirán rumbo al norte, y desde allí darán un salto a la Dimensión Desconocida para bosquejar el Plan.

*

JRC: Luego de Ce5, lo que estamos viendo es una posición complicada por gusto. Mi sugerencia para ambos bandos es simplificar. Esto es algo que yo he dicho muchas veces: hay que eliminar la hojarasca del tablero.

BF: Me gusta que esta partida se juegue en un cuarto cerrado. Me trae recuerdos de Islandia 1972, match contra Spassky por el título mundial. El ajedrez es eso: sólo tú y tu oponente y los dos tratando de demostrar algo. Kissinger me llamó y me dijo: "Tú eres nuestro hombre contra los rojos". No pude dejar de recordarle que pocos años atrás el Departamento de Estado me había impedido asistir al torneo que lleva tu nombre, el Memorial Capablanca en La Habana.

JRC: Yo tuve buenos amigos rojos, y en verdad lamenté que los rojos no participaran en la Olimpiada de Buenos Aires 1939, donde pensaba despedirme de todos ellos. Yo predije que Botvinnik sería campeón mundial. Una vez, en un torneo en Moscú, me di cuenta de que Stalin observaba las partidas escondido detrás de una columna. Fui hasta él y le dije (detrás de la columna): "Cuando los demás ven una posición, se preguntan qué puede suceder, qué sucederá; yo, sencillamente, lo sé". Stalin me miró muy serio. "Puedo demostrártelo", agregué, y Stalin me miró más serio todavía... y ahora veo que las negras están a punto de quebrar la estructura de peones blancos en el flanco izquierdo.

Así es. No sólo la estructura, también pierdo un peón. Luego la manzanita de Apple coloca su arzobispo en f4 y yo me lo siento en lo más profundo de la garganta.

*

No puedo más, dice Abramovich. Yo pienso que se refiere a la cerveza, porque ya está bastante borracho. No puedo más (eructa), tengo que contárselo a alguien... Al fin lo logré, pana. He reconstruido a Simón Bolívar con partes de distintos cadáveres. Tengo al Libertador allá dentro, en mi habitación. ¿Quieres ir a verlo?

BF: Las blancas no aguantarán la presión por mucho tiempo. Allá en Islandia, Spassky tampoco aguantó. El Kremlin envió un psiquiatra. Supongo que un psicólogo no bastaba. Pero yo no creo en la psiquiatría, ni en la psicología. Creo en las buenas jugadas. Lo único que cuenta sobre el tablero son las buenas jugadas.

Me sigue preocupando la diagonal b1-j9.

De hecho, ahora me preocupan todas las diagonales.

JRC: Lo más indicado era abrir la columna h, y luego cambiar las damas. Ahora las negras consolidan la coordinación entre sus piezas.

BF: Sabes, admiro la claridad de tus descripciones.

JRC: Suenas como Olga, mi segunda esposa.

Me esmero en los movimientos defensivos, o que yo considero defensivos y tal vez no lo sean. Tampoco veo muy claras todas las amenazas, dónde están, en qué consisten.

Debo proceder con cautela y evitar los riesgos que pueda evitar. Si no cometo eso que llaman un blunder, si no me vuelvo loco por estar enfrentando a una manzana trastornada, es posible que consiga unas tablas.

*

En la cama: una plancha metálica reemplaza al colchón, encima hay un cuerpazo humano sujeto con cadenas por las muñecas y los tobillos y conectado mediante cables a una serie de generadores eléctricos. Rodeando el cuello, se ve la costura que unió la cabeza con el tronco; remaches y costuras más pequeñas son visibles en la cara, las gruesas manos y los pies enormes. Es como Frankestein pero vestido con uniforme de libro de Historia. El parecido con Bolívar es inobjetable.

Abramovich termina de vomitar y sale del baño trastabillando.

—¿Qué te parece? Ahora sólo hay que darle una buena sacudida con corriente galvánica.

*

JRC: Yo escribí mis cositas sobre ajedrez, y Olga me ayudaba con los manuscritos puliendo las partes que no eran de naturaleza puramente técnica. Decía que rara vez había que mejorar la redacción. Hablaba de "algo encantador" que "transpiraba" en mi escritura. Elogiaba mi capacidad para dejar sobre el texto únicamente aquello que lo hace funcionar con economía y ventaja. Le das una importancia excepcional a los elementos dinámicos del texto —decía—, cuando todos los demás se concentran en los estáticos. Entiendes como nadie la importancia de tener la iniciativa sobre el lector... Olga trataba de convencerme de que yo hubiera podido ser el mejor escritor cubano del siglo XX. Hay que ver las tonterías que te meten las rusas en la cabeza.

Sorpresivamente, caigo en una trampa o en un mal cálculo y pierdo un alfil. Lo que significa que ya estoy perdido, sólo es cuestión de tiempo. Ni soñar con el empate.

A lo mejor en este ajedrez vitaminado no es posible hacer tablas. Su diseño no las permite. Las caras del dado diabólico y la dimensión freak de las piezas proyectan sombras exponenciales.

Resisto un poco más, motivado sobre todo por la inercia. Cuando inclino mi rey en señal de rendición, la manzanita de Apple levanta los extremos de su boca-mordida: está sonriendo. Jaque mate, dice.

No me diste jaque mate, le digo. Ya lo sé, pero quería decir jaque mate. Es que esta es mi primera vez... ¡y sin manos!

BF: El problema es que Spassky, en el fondo, era un buen tipo. Y los buenos pierden en el ajedrez. Hay ajedrecistas duros y ajedrecistas buenos, y yo soy de los duros. El propio Spassky me definió así: "Cuando te enfrentas a Bobby la cuestión no es ganar o perder, la cuestión es sobrevivir". Con una sola mano gané aquel match para Estados Unidos. ¿Y cómo me lo agradecieron? En cuanto dejé de serles útil, pusieron en marcha una conspiración internacional en mi contra, con Israel a la cabeza. Supe lo que se estaba tramando cuando leí *The Secret World Government*, el libro que escribió el Mayor General de la Rusia zarista Arthur Spiridovich. Aquel libro sí que estaba bien escrito. Ese tipo de libros es lo que tienen que hacer los escritores. Cuando me convertí en objetivo del FBI y la CIA, yo estaba preparado para entender lo que se movía detrás, por los conductos secretos de la Historia.

*

Los tejidos muertos se electrifican y convulsionan. Los cables sueltan chispas. Las luces de la habitación parpadean y de pronto nos quedamos a oscuras.

—Creo que te llevaste la corriente de todo el motel —comento.

—No hay problema, el motel es mío. Lo compré. De hecho, compré todos los moteles entre las dos costas. —Abramovich enciende un reflector. La luz nos ciega. Cuando abrimos los ojos, vemos a un Bolívar extrafuerte que ha roto las cadenas de metal, se ha quitado de encima los electrodos y los cables y está sentado en la cama poniéndose las botas.

—Está... ¡vivo! ¡Es él...! El... El... ¡El Libertador! —Abramovich se mueve de un lado a otro, exultante y nervioso. Ni rastro de la borrachera.

Simón Bolívar ensaya unos pasos firmes por la habitación, se estudia en el espejo el rostro inexpresivo. Tose. Se da unos golpes estruendosos en el pecho y escupe un pedazo de alguna sustancia de relleno. Se ve muy, pero que muy calmado.

—¿Podrá hablar? ¿Podrá decir... algo? —le pregunto en voz baja a Román, pero él no me responde, no me ve. Decido retirarme discretamente, cerrando la puerta sin hacer ruido. No termino de escuchar el discurso de bienvenida:

—¡Oh, General! ¡Oh, Maestro! No se imagina cuánto he (...)

*

BF: Parece que las blancas abandonan. Lo mejor que pueden hacer.

JRC: Hubo momentos en mi vida en los que estuve muy cerca de pensar que no podía perder ni una sola partida. Me consideraba invencible. Pero entonces resultaba vencido, y la derrota me obligaba a aterrizar.

BF: Hubo momentos en mi vida en los que yo simplemente lanzaba las piezas al aire y estas caían en las casillas correctas. En la estúpida partida que acabamos de presenciar, las piezas blancas cayeron una y otra vez en las casillas equivocadas.

JRC: Nada es tan saludable como una paliza en el momento oportuno. De pocas partidas ganadas he aprendido tanto como de la mayoría de mis derrotas. Es verdad que fueron muy pocas derrotas, así que nunca tuve muchas oportunidades de aprender.

BF: Bueno, se nos acabó la partida... ¿Repasamos los higlights?

JRC: ¿No podemos, sencillamente, dejar de hablar de ajedrez y callarnos para siempre?

[...]

BF: Dime, ¿qué fue lo mejor?, ¿qué rescataríamos?

JRC: San Petesburgo 1914: el Zar (el último de los zares) me otorga el título de Gran Maestro.

BF: Renunciar al título mundial inmediatamente después de ganarlo. Lo volvería a hacer.

JRC: Nunca, bajo ninguna circunstancia, vivir ni comportarse como un GM sólo porque un zar te ha dado el título de GM.

BF: Caminar sobre la faz de la Tierra como una celebridad, como un playboy, como un visionario, como un monstruo que nadie comprende.

JRC: La primera vez que derroté al gran Lasker en los Estados Unidos, y él me dijo: "Joven, usted no comete errores", y yo pensé: ¿Por qué tendría que cometerlos?

BF: Renunciar a la ciudadanía estadounidense y convertirme en islandés. A fin de cuentas, yo también puse una isla en el mapa. Igual que tú.

JRC: La embajada cubana en Estados Unidos, el mejor lugar del mundo para ser un consejero económico (tal vez, en el fondo, lo que yo siempre fui).

BF: La cárcel en Japón, donde me di cuenta de que yo hubiera podido ser otra persona si el mundo no me hubiera cambiado.

JRC: El Club de Ajedrez de Manhattan.

BF: El Club de Ajedrez de Manhattan, por supuesto. Y el instante en que tu adversario se retuerce frente a ti. El sonido que hace el ego de un hombre al romperse en pedazos.

JRC: Podemos seguir así toda la noche, Bobby...

*

Al amanecer, desde mi puesto en la baranda, los veo partir. El multimillonario venezolano y su acompañante (que no sabe conducir) se van quién sabe adónde, y quién sabe por cuánto tiempo.

Las ruedas del Ferrari levantan todo el polvo acumulado en el parqueo.

Girls Gone Wild

Y se encendió en la autopista el fuego del primer accidente. Un camión cisterna rodó por los aires. Debe haber sido espectacular.

El Autista vio el humo desde el desierto.

*

—¿Qué es eso? —pregunta.

La parte trasera del motel es una suerte de polígono industrial o militar. Un área donde parece que nunca se empezó o nunca se terminó de construir algo. En el centro vemos un foso medianamente profundo.

—Probablemente iba a ser la piscina —le digo.

—Si estuviera llena de agua, me tiraría ahora mismo y me quedaría ahí abajo —dice el carro del Autista—. De todas formas ya soy un carro hundido.

Ahora el Autista lo llama "Autismóvil". Se mira en el retrovisor y se arregla el antifaz. Después mira inexpresivamente hacia la cámara.

—Creí que te habían asesinado —le digo a modo de introducción. Él se dispone a relatar lo que le pasó. Ni la más remota garantía de que su historia sea cierta, pero aquí va de todas maneras. No hay otra cosa.

—Tenemos compañía —avisa el Autismóvil.

La Autopista: the movie

Miramos alrededor.

Nadie.

El foso vacío. Ladrillos apilados. Unas vigas. Cajas. Bidones rotos. Aridez.

Pero el Autismóvil parece sentir las vibraciones profundas del terreno:

—Se aproxima una manada.

*

Aunque no lo parecen, son muchachas. Hembras. Lo confirman voces y poses y gestos que se les escapan. Adolescentes, diecipico de años, pero muy flacas todas: casi sin pechos, sin nalgas, sin caderas. Algunas están peladas al rape.

Vienen rodando en sus fabulosas patinetas.

Gritan:

—¡¡¡Una rampa!!!

Y se turnan para lanzarse a rodar por las pendientes del foso.

Y una de ellas agita los brazos tatuados, llamándome:

—¡Eh, camarógrafo! ¿Quieres filmar algo divertido?

*

El Autista habla del paisaje del desierto como un elaborado diagrama con sus flujos y sus cifras internas. Matar a alguien allí no es más que un gesto abstracto. Tu propia heroicidad se ve confirmada en los contornos de una duna.

Lo que pasó:

Los mafiosos lo montaron en la camioneta. Los mafiosos lo bajaron de la camioneta a punta de pistola. Le dijeron que se había tomado demasiado en serio sus habilidades. Intercambiaron bromas. Le apuntaron riendo. De pronto uno de ellos desvió la atención y la pistola. ¿Qué cojones es eso?, preguntó señalando hacia el suelo. Un extraño animal observaba desde la arena. Una de esas mezclas que proliferan en este desierto. Ojos saltones, pico ganchudo, un par de alas de plumas negras y unas patas traseras largas, con los dedos palmeados. Grande para ser una rana o un sapo, pequeño para considerarlo de la familia buitre. El Autista lo clasificó como "buitracio".

—¿Un arma biológica? —sugirió uno de los mafiosos. El otro se limitó a dispararle a la criatura.

La bala se desvió en una piedra, rebotó en una segunda y quizás en una tercera piedra y alcanzó, por supuesto, al que no había disparado.

—Ahhh... me cago en tu madre —dijo el herido, y antes de morir le pegó un tiro en la cabeza al otro, que no tuvo tiempo de salir de su estupor.

Dos disparos. El buitracio o lo que fuera levantó el vuelo de un salto. El Autista se quedó solo junto a los dos cadáveres.

*

Las chicas skaters han resultado ser muy buenas. De una punta a la otra del foso-rampa, van y vienen con sus piruetas, sus tricks. Demostraciones aéreas de arrasar en los X-Games. Se lo enseñan todo a la cámara. Hasta las lágrimas.

Dicen:

—Si una vez lo hicimos, lo podemos hacer de nuevo.

Dicen:

—Siempre es un reto, no hay nada monótono en un rodaje. Y estamos todas locas, lo cual no hace más que alimentar la belleza.

Dicen:

—Te olvidas de todo lo demás. En el fondo estás tratando de liberarte de tu propio cuerpo.

Dicen:

—Ustedes van a ser los jueces, porque son los hombres.

Rápidamente han organizado un concurso Miss Skate. Camisetas ripiosas y desteñidas, anchos cinturones, rodilleras y otros accesorios que les quedan grandes y feos. Todo listo, todas listas.

Veamos algunas.

*

El Autista habla de recorrer el desierto como un mecanismo de adaptación. Un modo de respirar, caminar, pensar...

Anduvo durante horas.

Vio esqueletos de vacas. Huesos de ganados enteros tendidos al sol.

Vio extrañas madrigueras ocultas entre las matas de marabú.

Vio, a lo lejos, una columna de humo. Por poner rumbo a alguna parte, dirigió sus pasos hacia a ella. Era el regreso a la autopista.

Encontró unas barreras rotas. Encontró el camión volcado al pie de un declive. El chofer había logrado salir arrastrándose antes de que explotara la cabina. Cuando el Autista llegó, ya se estaba poniendo de pie.

—Mira esto, bróder, estoy empapado —se lamentó. El tipo acababa de sufrir un accidente, pero estaba dando saltos increíbles en medio de unos grandes charcos. El Autista leyó en el camión el contenido: LIQUID ADRENALINE. Literalmente, al tipo le había caído encima un camión de adrenalina.

Adrenaline Rush, pensó el Autista.

—Estoy cubierto de petróleo —dijo el camionero.

—No, no es petróleo, es...

—Es una maldición. Una ironía. Venir a morir aquí, todo cubierto de petróleo, muchos años después de la Fiebre del Petróleo.

—Mi socio, estás delirando. —Estrés Post-Traumático, pensó el Autista—. ¿Por qué no te acuestas un rato?

Pero el Post-Traumático ni siquiera se sentó. Lo que hizo fue empezar a caminar alejándose de la autopista. Habituado a seguir rastros (de vísceras sangrantes, de líquidos industriales), el Autista lo siguió.

Era el regreso al desierto.

*

LonelyGirl09 /

Signo: acuario. Color: rosado mate. Tipo sanguíneo: A negativo. Signo de puntuación: paréntesis. Estado: disponible. 75204 caídas. Su frase favorita es: "Tengo claro que nadie se me acerca para mantener una conversación intelectual conmigo" (Megan Fox).

RedCow /

Parece un Ashton Kutcher mucho más joven y con doscientas libras de menos. "Soy un poco anoréxica, un poco bulímica, no estoy completamente bien, pero no creo que ninguna de nosotras lo esté". En su patineta se lee: GOODBYE REDBULL

*

El Post-Traumático caminaba con notable rapidez pese a tener las dos piernas reventadas, con los huesos astillados por fuera, el cráneo abierto, una barra de metal atravesada en las costillas y trozos de vidrio clavados por todas partes.

Y no paraba de hablar:

—Me gustaría que se me recordara como un veterano. Un veterano del Golfo. Del Golfo de México. Vinimos a estas costas en busca del oro negro...

El Autista sentía curiosidad. Se preguntaba hasta dónde podría llegar en esas condiciones. Cuánto tiempo podría el delirio mantenerse en pie.

—No, nadie vino —le dijo—. Nunca hubo oro de ningún color.

—Sí, yo estuve aquí. Aquí mismo. Yo vi todo esto, años atrás...

Con los ojos nublados, el Post-Traumático miraba el paisaje-espejismo que se extendía silencioso frente a él. Allí donde el Autista había visto sólo muerte y marabú, él estaba viendo minas, pozos, pueblos y bares.

*

Moxxxilla /

Nos dice que ellas vienen de distintos lugares, distintos municipios devastados. Se han ido juntado por el camino. Exploran. Se apropian de las ruinas que encuentran, modifican el paisaje para poder *rodar*. Descansan en cualquier sitio, o no descansan y continúan practicando y continúan moviéndose. Son nómadas. No tienen nada. "Pero tenemos el skateboarding para seguir adelante."

Papaya Voladora /

Signo: piscis. Color: amarillo asombroso. Champú: pelo seco. Mamífero: manatí. Corriente: continua. 95873 fracturas. Su frase favorita es: "Me gustaría que Dios estuviera vivo para ver esto" (Homer Simpson).

Flacamala /

Enseña sus tatuajes inferiores: chicas pin-up, muñequitas de tinta que ondulan en sus largas piernas. Está preocupada por el relevo. "Quiero decirles a las niñas que está bien ser sexy, que no debemos tenerle miedo a las patinetas."

*

Según contó el Post-Traumático, si hemos de creer al Autista, la noticia más improbable se regó como la pólvora. Petróleo en Cuba... ¡y muchísimo! La isla como una gran plataforma. El Post-Traumático fue uno de los primeros en alistarse. Vinieron en aviones y en portaaviones. Comenzaba lo que más tarde se conocería como la Fiebre del Petróleo.

—Muchos llegaron ansiosos y muertos de miedo. Habían escuchado toda clase de historias violentas sobre esta región. Pero yo no le tenía ningún miedo al Salvaje Sur. Yo soy hispano, bróder. I was born en Puerto Rico.

La "isla de la libertad", cantada por el salsero Marc Anthony, era para los padres del Post-Traumático una isla idealizada. La abandonaron cuando él era un niño, y el niño creció escuchando hablar con frecuencia y con nostalgia de Puerto Riquísimo.

—Pero cuando llegué, me di cuenta de que Cuba no era lo que yo esperaba. Reinaba el caos. Lo militar se confundía con lo civil. No había costumbre de propiedad privada, contratos, impuestos. Aún no se había formado un verdadero gobierno. Era un territorio sin ley. Un territorio, para llamarlo como se puso de moda, fronterizo.

El Autista visualizó burbujas. La gran burbuja mental del Post-Traumático dibujaba un escenario listo para convertirse en una gran burbuja de riqueza. Y las burbujas (las mentales también) no se inflan con normas y regulaciones, sino con la ausencia de éstas.

*

Dulciiisima /

Es pelirroja, pecosa, un ejemplar de genotipo viking. Infla bubblegums que se le explotan dejándole restos en la nariz. En su rostro hay como un aire maligno que no acaba de cuajar.

Sk8erBitch /

Signo: escorpión. Color: extrablanco. Señal: no parqueo. Pasaporte: falso. Síntomas: nerviosos. 48204 cicatrices. Su frase favorita es: "Las rubias son como la nieve virgen, es más fácil que destaque una huella sangrienta" (Alfred Hitchcock).

*

Se perforaron pozos por todas partes. Clavabas una estaca en el suelo y salía un chorro. Así era.

Y por cada zona petrolífera muy pronto habría, al menos, un Saloon. Proliferaron paralelamente: las torres y los tubos y las bombas de extracción, por un lado, y los locales para desconectar del trabajo, por el otro.

Ah, los viejos Saloones... decía el Post-Traumático. Los momentos de paz en medio de la batalla por el subsuelo. Saloones donde beber whisky y jugar al póker y escuchar música folclórica. Saloones para soñar negocios y rumiar proyectos y reflexionar sobre los profundos misterios del petróleo, las milenarias rocas generadoras de crudo (resultado de la descomposición de organismos marinos), la necesidad de combustible para ir en busca de más combustible.

Ah, los Saloones y las chicas... jadeaba el Post-Traumático. Camareras. Bailarinas. Hermosas piernas y rotundos nicknames: Miss Rebeca, Miss Laura, Miss Annabel... Te llevabas a cualquiera a la cama por unos dólares. ¿Qué pasó con las chicas, bro? ¿Dónde están? ¿Qué se hizo de sus cuerpos inclaudicables y de sus grandes sentimientos de amor? En los momentos más duros, ellas hacían que el Salvaje Sur valiera la pena.

Porque no era tan fácil, claro. El número de muertos no hacía más que aumentar. Y los vivos no perdonaban una oportunidad. Las disputas por el control de los yacimientos se resolvían a tiros. Las balas zumbaban todo el tiempo. Las calles vacías y polvorientas presenciaron duelos cinematográficos. Raspando la ilusión todo se reducía a esto: el peligro constante, la guerrilla permanente.

La guerrilla.

Los nativos. Por supuesto. Puede que no fueran lo último en civilización insular, pero no iban a entregar sus tierras, sus recursos y sus tradiciones sin causar muchos problemas.

La Autopista: the movie

SuperMerMaid /

Está pensando en retirarse, colgar en esta rampa sus últimos ollies y dedicarse a otra cosa. Siente que es necesario un cambio (sobre todo un cambio de tema); ella es muy joven y necesita experiencias. "Quién sabe, quizás me busque un novio, o una mascota, o puede que salga embarazada otra vez."

Darkpassenger /

Signo: géminis. Color: gris perla. Partícula: neutrino. Desayuno: huevos duros. Alergias: polen, plancton. 39611 luxaciones. Su frase favorita es: "Si yo tuviera un corazón, se estaría rompiendo en este momento" (Dexter Morgan).

Kitty Katty /

Nos habla del proceso de aprendizaje, la toma de conciencia y de control. Domar la patineta, domarse a sí misma, convertirse en un hermoso animal entrenado. "Formas y contenidos comienzan a emerger, y esas formas y contenidos poco a poco irán tomando el control." (Control parece ser una palabra clave.)

*

El Post-Traumático ya comenzaba a dar signos de agotamiento. Cojeaba. El Autista lo sostenía por la cintura para ayudarlo a conservar el impulso. Sentía como si el tipo lo tuviera todo suelto por dentro. Pero si podía seguir, que siguiera.

Y el Post-Traumático siguió contando sobre la guerrilla. Se han contando muchas cosas, dijo, casi todas exageradas. Ya sabes cómo era aquello. Los periódicos decían: si los hechos no se ajustan a la leyenda, imprimimos la leyenda.

Él vio los hechos con sus propios ojos. No había ninguna épica en ellos.

En una refriega, un grupo de nativos lo capturó. Pensó que iban a matarlo. Se despidió mentalmente de sus seres queridos, en especial de sus padres. De súbito lo invadieron los recuerdos. Él (de vuelta a la infancia), sus padres, la balsa en medio del mar, la muerte que iba y venía en formas de olas negras.

La balsa era un artefacto precario hecho de neumáticos y tablones de madera. Encima de ella zarparon papá, mamá y él, por la costa norte de Puerto Riquísimo. Miles de personas se lanzaban al mar en condiciones similares. Se les conocía como "balseros". El objetivo de los balseros era llegar a Nueva York. A fin de cuentas, la distancia era poco más de 2500 millas.

Vio Arecibo, su ciudad natal, desaparecer en el horizonte. Atrás dejaba lo que había sido su vida hasta el momento. Atrás se quedaba el enorme telescopio con forma de plato que tanto lo había puesto a soñar: el radiotelescopio del Observatorio Arecibo, donde trabajaba su padre, que no era más que un operario pero solía contar maravillas sobre el espacio exterior. Decía, por ejemplo, que existía la vida en otros planetas, todo estaba en buscarla. El radiotelescopio hacía eso: detectar señales que podían indicar la existencia de vida extraterrestre. Nuestro radiotelescopio es de inestimable ayuda para los exobiólogos, decía orgulloso el padre. ¿Quiénes son los exobiólogos, papá? Los que se dedican a estudiar la vida fuera de la Tierra, hijo. Y el hijo manifestó su intención de ser exobiólogo cuando fuera grande, y el padre le dijo que cuando estuviera en Nueva York nada le impediría realizar sus sueños.

La Autopista: the movie

No iba a realizar ninguno, ni siquiera el sueño futuro del petróleo, pero durante aquel viaje en balsa el Pre-Post-Traumático aún no lo sabía.

Cruzaron lentamente el inmenso y desolado Mar de los Sargazos, donde las corrientes eran muy débiles, llovía muy poco y el agua era horriblemente salada. Una región inhóspita hasta para los organismos marinos (excepto por los sargazos y algunas anguilas, el Mar de los Sargazos es un gran desierto biológico), ni hablar entonces de los organismos balseros. Por si esto fuera poco, más de la mitad del recorrido consistía en atravesar de punta a punta el Triángulo de las Bermudas, también conocido como Triángulo del Diablo. Si en aquel endiablado ecosistema acostumbraban a perderse y desaparecer los barcos e incluso los aviones, ¿qué esperar de las balsas más rudimentarias? Miles de balseros se esfumaban, se desintegraban, se evaporaban allí, lo cual no era impedimento para que otros miles se lanzaran al mar en dirección NY.

A pesar de todo, hubo náufragos de Puerto Riquísimo que no sólo salieron ilesos del Desierto y del Triángulo sino que llegaron a ver, tras meses de viaje, la Estatua de la Libertad. El Pre-Post-Traumático fue uno de los que navegaron con suerte hasta Manhattan. Años después comprendería esa suerte a cabalidad y años después sería capturado vivo por unos indígenas en una isla más grande que su isla natal y pensaría: de ésta sí que no me escapo.

Contra todos los pronósticos, los nativos no lo mataron.

Defecto Mariposa /

Tiene un pulóver donde se lee: I♥NYPSA. ¿Quién es Nypsa? Nadie. Ya quisiéramos. (I♥NY Pero Sigo Aquí.)

Bestialittle /

Lleva un pequeño caracol colgado del cuello. Un cobo en miniatura. Su amuleto. Dice que si lo sopla como un silbato (y lo sopla) produce un sonido inaudible que llama a los demonios aborígenes.

PussyPower7 /

Dice que expresarse verbalmente no se le da bien. "No quiero ponerme a hablar como una cínica." No hay más nada que decir. Ella no encierra misterios indefinibles, no persigue sueños inalcanzables. Ella no es una Cenicienta violada ni está metida dentro de una armadura. "Esto es lo que hago, esto es lo que hay, y punto."

Lolitoon /

Signo: virgo. Color: malva. Tratamiento: antibióticos. Postre: helado. Helado: fresa bombón. 62967 radiografías. Su frase favorita es: "La arcilla fundamental de nuestra obra es la juventud" (Ernesto Guevara).

*

El sol evaporaba la adrenalina. El Post-Traumático ya no podía caminar.

Ahora iba arrastrándose por la arena.

Parecía como si quisiera llegar a alguna parte. Pero no había adónde llegar.

Contó que lo mantuvieron cautivo en una aldea inaccesible. Tal vez lo retenían para un intercambio de prisioneros. Intercambio que nunca se realizó. Con el tiempo, los nativos perdieron todo interés en él. Hubiera podido escapar fácilmente, pero sacó cuentas. Eran sus oportunidades las que escapaban. Si en plena Fiebre del Petróleo no conseguía hacerse rico, jamás lo conseguiría. Lo último que deseaba era regresar al norte en las mismas condiciones en que había venido y terminar con un empleo miserable. Camionero de ruta, por ejemplo.

No. De algo iba a servirle haber pasado por lo que pasó. Si no tenía recursos naturales, explotaría el único stock disponible: sus experiencias.

Escribir un libro.

Mi vida con los salvajes. Superventas.

Primera oración: "Si lo tuyo es el indigenismo, el subdesarrollo o alguna mierda similar, francamente, te recomiendo que no sigas leyendo".

Poco a poco, el Post-Traumático se ganó la confianza de sus captores, aprendió el idioma, socializó. Por las noches se sentaban alrededor de la hoguera. Él escuchaba con atención. Descubrió en las narraciones orales de los nativos un pozo inagotable. El pozo de una tradición subterránea. Su proyecto de libro dio un giro inesperado. Muy pronto empezó a tomar notas en un cuaderno para un posible estudio.

*

Rasgos que estarían presentes en esta narrativa cubana:

a) Géneros borrosos: Las líneas de separación entre los géneros no están bien definidas, hasta el punto de que es imposible enfocar la narración no ya desde un género, sino desde cualquier combinación de éstos.

b) Unidad narrativa débil: Las narraciones largas se sostienen, más que por el tema o el argumento (que suele ser inconsistente y absurdo), por la deriva de un personaje o por una secuencia de episodios conectados.

c) Fluidez de contenido: Se desprende de lo anterior. Las historias son, básicamente, agregaciones y compuestos.

d) Ambigüedad animal / humano / máquina: La característica más evidente y más clara de todas. Se explica por sí misma.

e) Espacio-Tiempo surrealista: Los sucesos narrados no pueden encuadrarse en marcos espaciales ni cronológicos de corte realista. Transcurren por otras dimensiones (¿pero cuáles?). Sin embargo, puede demostrarse empíricamente que ocasionan curvaturas en lo real.

f) Estilo gaseoso: Por ser una narrativa que se transmite oralmente, está asociada a los vapores del cuerpo, a la respiración, a la humedad del instante atmosférico y, sobre todo, al humo de la pipa de la guerra. Este carácter oral la sitúa fuera del mercado. (Ponerla por escrito tampoco serviría de mucho. A un estilo así no le va a entrar dinero por ninguna parte.)

*

Ha llegado el momento de dar el veredicto. Las hemos visto a todas en acción. Poseídas. Autocombustibles. Hemos examinado bien de cerca la androginia, el esfuerzo físico al límite, la monstruosidad...

Está claro que nunca nos vamos a poner de acuerdo, el Autista y yo. Está claro que no tenemos ni la más remota idea de los elementos

La Autopista: the movie

técnicos que habría que tener en cuenta para determinar una ganadora.

—Podemos decidirlo al azar —propone el Autista—. Tirando una patineta al aire.

—En caso de que quieran un tercer voto para desempatar, ya saben... —dice el Autismóvil—. No cuenten conmigo.

—Pensé que lo que estabas anotando aquí eran tus impresiones de cada una de ellas —digo hojeando mi ex-cuaderno DB. El Autista se ha apropiado de él. Ya llenó todos los suyos (que son miles) con ni se sabe qué cosas.

—¿Impresiones? —dice—. ¿Qué impresiones?

Finalmente acordamos coronar a la que alcanzó mayor altura.

En sentido vertical.

*

No pudo seguir. Era un cadáver que había agotado sus reservas. Sudó las últimas gotas de la Fiebre del Petróleo y la alucinación lo abandonó justo al final.

—¿Dónde estoy? —se preguntó mirando alrededor—. En un maldito desierto... Ahora entiendo... Por eso estoy tan jodido... Me duele y me pesa todo el cuerpo...

El Autista se había agachado junto a él para sostenerle la mano.

—¿Tú también estás...? —le preguntó el Post-Traumático.

—No, bro. Sorry. Yo estoy ok.

—¿Qué eres, un maldito superhéroe?

Sus famosas últimas palabras.

El Autista cavó otro hoyo en la arena.

Cuando terminó de enterrar al Post-Post-Traumático, muy cerca de los dos mafiosos, El Autista contempló el horizonte. Vio otra columna de humo saliendo de la autopista. Otro accidente, pensó. No voy a terminar nunca.

Y fue hacia allá y se encontró con los restos calcinados de la sex-shop. La Gusanera había cogido fuego. Hurgó entre la mercancía que quedaba intacta y encontró un antifaz. De terciopelo. Se lo puso. En el parqueo, cubierto de hollín, lo estaba esperando el Autismóvil.

El Autista se sentó al timón.

—Arranca —ordenó.

—Si insistes —dijo el carro, y echó andar.

Era un vehículo post-combustible. No es que hubiera tenido ningún accidente: era en sí una especie de carro accidentado. Empleaba las ruedas como si fueran paticas. Al avanzar, toda la carrocería incorporaba movimientos ondulatorios. Por momentos se arqueaba y se retorcía como una gigantesca oruga mecánica, pero en general podía decirse que reptaba como una torpe aleación de reptiles variados.

Y así, lentamente, muy lentamente, pasito a pasito, paralelos a la autopista, de parqueo en parqueo y zanja tras zanja, sorteando vallas, llegaron por fin al motel.

*

El Autista en cámara:

"...y cuando llegué al motel toqué en una puerta al azar y resultó ser una puerta a un universo paralelo. En ese universo paralelo, en esa habitación de motel paralelo, estábamos tú y yo (me vi a mí mismo, yo mismo me abrí la puerta... o puede que fueras tú, no lo sé) enfrascados en un negocio de impresión de pulóveres. Habíamos convertido la habitación del motel en un laboratorio de postproducción clandestino. Habíamos descubierto la forma de imprimir el documental en los pulóveres. Algo así como T-shirts-YouTube: los vendíamos ahí mismo como souvenirs de carretera (tú y yo pensamos que era un cliente el que había tocado a la puerta... o sea, yo). Probablemente era la única forma de que la gente viera el documental. La misma gente proyectaba, promocionaba y distribuía. Me olí que estábamos haciendo bastante dinero con el invento. Hubiera comprado uno o dos, pero no tenía dinero."

*

Y la ganadora es...

La Papaya Voladora. Que se pone contentísima. Mírenla. No lo puede creer. Aplausos. Aplausos. Todas abrazan y besan a la flamante Miss Skate. ¿Qué se siente? Todavía recuperándose del shock, ella balbucea que "es el día más feliz de mi vida... pero sé que hoy me toca a mí estar en la cumbre y en la portada de todas las revistas y mañana le tocará a otra... Estas cosas son así, ¿no? Quiero dedicar este triunfo a..."

Animan a la Miss Skate para que estrene su corona en una demostración exclusiva. Toda cintas y lazos de seda, eufórica, la Papaya Voladora salta a la patineta y salta a la rampa:

Volteretas.

Giros.

Se eleva.

Se eleva muchísimo.

De pronto le falla un ángulo allá arriba, un agarre. La patineta sale por un lado y la Miss por el otro. Las muchachas se llevan las manos a la cara, se tapan la boca, los ojos...

La Papaya Voladora cae desde una altura tremenda. Y cae de cabeza.

Un clavado espectacular.

El casco golpea contra el fondo del foso. El impacto es tan fuerte que se abre un hueco y sale un chorro de agua. Miss Skate no se levanta: el chorro es intenso y el agua empieza a cubrirla. El agua, que tiene ribetes negros y aceitosos, que seguro proviene de un pozo olvidado, o de una cisterna, o para no ir más lejos, del manto freático, comienza a llenar el foso. Las muchachas se han quedado paralizadas, mudas...

Gritan:

—¡¡¡Una piscina!!!

Y rápidamente se quitan la ropa, los tenis, los aditamentos. Se quedan desnudísimas, en todo el esplendor escuálido de sus carnes y la pobreza general de sus caracteres sexuales secundarios. Miran al agua oscura, miran a la pantalla.

Gritan:

—¡¡¡Biiikiiiiiniiiiiiis!!!

Y corren como una jauría hacia el espectador. La imagen gira, da vueltas. Han derribado la cámara. La imagen queda fija, captando un ángulo trasero del motel. La toma se alarga hasta lo insoportable. Se escuchan de fondo los alaridos del camarógrafo.

Yo.

Me arrancan la piel a mordidas. Me arrancan la piel con las manos. No sé de dónde han sacado esas uñas. Antes de desvanecerme comprendo que mi piel va a ser (ya es, siempre fue) la tela de sus bikinis. Me desollan, peleando entre ellas por conseguir los mejores pedazos. En medio del dolor más grande que he sentido nunca, logro ver a una (¿pero cuál?), toda embarrada y babeante, probándose un triángulo sanguinolento de mi piel encima de su pezón. Después todo se funde a negro.

*

Victoria'SSecretAngel /

Signo: cáncer. Color: dorado. Fruta: prohibida. Antecedentes: ocultos. Donante: glándulas endocrinas. Presión: osmótica. Género: terror. 1754296 transfusiones sanguíneas. Su frase favorita es: "Aquellos que sólo han leído sobre mí, no captan lo que soy" (Paris Hilton).

The Horror

Recuerdo esto:

La oscuridad que lo envuelve todo. La oscuridad que me oprime como una camisa de fuerza. La presión, sorda, constante, sobre cada terminación nerviosa. Un umbral que contiene la avalancha del dolor y del que trato desesperado de alejarme sin que mi cuerpo se mueva y sin que los gritos salgan de mi cerebro.

Nada más.

La sensación de encierro.

Si acaso un sonido muy, muy lejano, como un número negativo de motores que aceleran en una autopista espectral.

*

El Autista pasó por una gasolinera. Necesito ayuda, dijo. Había dos hombres. Los hombres pensaron que el problema era el Autismóvil, su extraño modo de caminar como si los neumáticos no fueran ruedas, como si el invento más viejo del mundo hubiera quedado de pronto en ridículo. Necesito ayuda, repitió el Autista, imperturbable. Los hombres le recomendaron un taller situado unos kilómetros más adelante. El mejor mecánico que hay por todo esto.

El Autista partió.

(Usaba antifaz, dijo al rato uno de los hombres. Después agregó: Y creo que había un maniquí ardiendo en el asiento de atrás. El otro hombre asintió, miró las nubes, le dio una larga calada a su cigarro. Hicimos lo correcto, dijo.)

En el asiento trasero del Autismóvil lo que había era un bulto despellejado, una masa inconsciente y sanguinolenta.

Yo.

*

Abro los ojos. No sé dónde estoy. Veo un techo y unas paredes sucias. Me levanto de una cama que chirría espantosamente. La cama está en la esquina de un cuarto pequeño lleno de tarecos. Mi mente se llena de flashbacks.

Me palpo la cara y me examino el cuerpo.

Sí.

Tengo piel.

Me ha crecido una piel nueva.

*

En el taller no había nadie. Con mi cuerpo a cuestas, el Autista se introdujo por un pasillo, y al fondo abrió una puerta. Un cuarto con su cama tendida. El cuarto de alguien. Abrió la puerta de al lado. Un baño. Abrió la otra puerta. Un cuartucho repleto de trastería, grasa y polvo, con una colchoneta a todas luces desocupada. Ahí me dejó. Pensó que ya no podía hacer más. Pensó que yo estaba en coma y que tal vez fuera mejor que no me despertara nunca.

Salgo del cuarto. Un pasillo. No veo a nadie. Al lado del cuarto hay un baño. Me visto con un overol de mecánico que encuentro en el cesto de la ropa sucia. Entonces, de pronto, allí, en el espejo del lavamanos... me veo.

Soy yo, pero no soy yo. Mi rostro ya no es mi rostro.

La piel que me ha crecido no es exactamente mi antigua piel. Supongo que esto no representaría ningún problema de no ser por la piel de la cara.

Ahora tengo la cara del Autista.

Cierro los ojos y pienso: si no he despertado todavía, este es un buen momento para despertar.

*

El Autista ya se iba cuando apareció el dueño del taller:

—Interesante vehículo el que tienes ahí afuera —comentó—. A punto estuve de tropezar con él, pero me soltó un parlamento que prefiero no repetir.

Era pequeño, vestía un overol de mecánico y usaba unas gafas de sol.

Mucho más que los ojos, las gafas de sol le cubrían dos tercios de la cara.

—Ban —se presentó—. Ray Ban —y le tendió la mano al Autista, y por ese gesto el Autista se dio cuenta de que el hombrecito era ciego.

Salgo del baño y me tropiezo con él. Nos miramos. Es el rostro que acabo de contemplar en el espejo, salvo por ese antifaz que rodea sus ojos, los resalta, les da un fondo de misterio, aunque sea un misterio que los dos sabemos inviable. El Autista no parece sorprendido, no hace ningún comentario sobre mi nuevo look autista. Parece como si nunca se hubiera visto a sí mismo o ya hubiera olvidado cómo éramos realmente.

—¿Cuánto tiempo ha pasado? —le pregunto.

—¿Desde cuándo? —me pregunta él.

*

Ciego y todo, Ray Ban reparaba todo tipo de carros con la máxima eficacia. Le explicó al Autista que los ciegos desarrollan los demás sentidos hasta límites insospechados. Él escuchaba el sonido que hacía un motor, o tocaba un cable, o simplemente aspiraba el aire que emanaba de un capó levantado, y ya con eso podía establecer un diagnóstico. Los carros, aseguró, le hablaban. A continuación, sus manos se ponían a trabajar como si cada herramienta supiera por sí misma lo que tenía que hacer.

—Los extra-sentidos son como superpoderes, ¿no? —le dijo Ray Ban al Autista sin disimular su sonrisa.

Y agregó:

—Por ejemplo, no necesito verte para saber que estás ocultando tu rostro, no necesito ver cómo eres para darme cuenta de que eres un enmascarado.

—Vaya, al fin te quitaste eso de la cara —dice Ray Ban dirigiéndose a mí.

Yo le susurro en la oreja al Autista:

—¿Este es el ciego?

—No te preocupes, tu secreto está a salvo conmigo —dice Ray Ban—. De todas formas no puedo verte, así que no sé quién eres.

—Soy otro —le digo—. No soy con quien crees estar hablando.

—Claro que no —Ray Ban gira de pronto hacia el Autista—. ¡Te pusiste el antifaz de nuevo! ¿Crees que no me doy cuenta?

—Oye, que somos dos —dice el Autista, y señala—: Uno, dos.

—Ya, ya. La doble identidad, la identidad secreta, sí, yo me sé todo eso.

El Autista me lleva aparte, a un rincón del taller, y resume:

—Creo que nos percibe como si tú y yo fuéramos una sola persona.

*

A pesar de sus habilidades especiales, Ray Ban no se consideraba un mecánico, sino más bien un crítico. ¿Crítico de qué?, le preguntó el Autista. De cine, arte, literatura, todo eso, respondió Ray Ban. Él había sido uno de los críticos más importantes de la Isla, y ahora tal vez era el único. Y el último. Estoy solo, me he quedado solo, dijo Ray Ban. De ahí la gran responsabilidad que tengo.

*

—Un último trago —propone Ray Ban. Destapa un Havana Club y llena dos laticas que contenían aceite. Me extiende una—. Como te quitaste el antifaz supongo que tu trabajo, tu misión aquí, terminó. ¿Me equivoco?

Le sigo la corriente:

—No, no te equivocas.

—Entonces... ¿ya te vas?

—Mañana —dice el Autista ausente—. Estoy cansado... Te preguntarás: ¿cansado de qué?

—Mañana —repito yo.

Ray Ban me escucha sólo a mí, y asiente. Sus gafas de ciego oscurecen una expresión de infinita serenidad.

*

Aunque por el momento era reconocido solamente como mecánico, esa situación iba a cambiar pronto. Ray Ban visitaba con regularidad los establecimientos de la zona: los almacenes, los bares, los quioscos, las tiendas de campaña, los otros talleres... En ambos márgenes de la autopista que llegaba hasta el cielo, dondequiera que paraba un conductor a tomar un café, orinar, escupir, limpiar el parabrisas o estirar las piernas, Ray Ban ya había bombardeado el sitio con copias y más copias de un volante promocional:

THE CRITIC
¿SABE UD. DÓNDE ESTÁ PARADO?
¿SABE QUÉ HAY BAJO LA AUTOPISTA?
¿SABE UD. QUÉ SON «LAS RAÍCES»?

¿QUÉ LIBROS O REVISTAS O DVDs O VIEJAS POSTALES HARÍA UD. BIEN EN COMPRAR EN EL HIPOTÉTICO CASO DE QUE SE VENDIERAN LIBROS O REVISTAS O DVDs O VIEJAS POSTALES EN ALGÚN MALDITO KILÓMETRO ENTRE KEY WEST Y CAYO LARGO?

ESCUCHE A UN ESPECIALISTA

ANÁLISIS   COMENTARIOS   REVIEWS

$5 only

*

Ray Ban tenía claro cuál era su papel, cuál era su misión: contra la velocidad y la intemperie, la memoria y el conocimiento. Porque nada estaba perdido aún, aunque todo pareciera irremediablemente perdido. Porque lo que había que reconstruir y salvar era, ni más ni menos, el sustento profundo de la cultura cubana.

*

Un Nissan se detiene en la entrada del taller. Ray Ban sale a su encuentro con la latica de aceite en la mano.

—Algo no anda bien —adelanta el conductor—. ¿Puede echarle una mirada?

—Ya terminé por hoy —dice el ciego.

—Pero...

—Lo siento. Se está haciendo de noche.

*

Los clientes seguían llegando, uno tras otro, sin haberse tropezado con ninguna copia de The Critic, con necesidades mucho menos espirituales. Eso no detenía a Ray Ban. Mientras realizaba su labor, acostado bajo la carrocería o inclinado sobre el motor, le disparaba un monólogo larguísimo y for free al conductor averiado.

El monólogo profundo de la cultura cubana.

Era raro escucharlo, me dijo el Autista.

Al escucharlo, llegado cierto punto, los clientes se desmayaban. Uno tras otro caían desplomados. Entonces Ray Ban transportaba los cuerpos inconscientes a un cuartico que tenía en la parte de atrás del taller. Los tiraba encima de una colchoneta vieja y los dejaba ahí, uno o dos o tres días, hasta que se recuperaban. Siempre se recuperaban.

—Me alegra saberlo —dijo el Autista.

—¿Por qué no te quedas hoy? —le propuso Ray Ban—. Se está haciendo de noche... y la colchoneta está libre.

El Autista tenía razones para dudarlo. Ray Ban insistió:

—Nunca le he dicho esto a nadie, pero desde hace mucho tiempo... a ver si me entiendes... lo que pasa es que yo... yo... le tengo un miedo terrible a la oscuridad.

En el taller no hay bombillos ni lámparas, no hay ningún artefacto eléctrico que emita luz: un ciego no necesita esas cosas.

El Autista se quedó parado en la puerta del cuarto de Ray Ban sin saber qué hacer, evitando mirar hacia la otra puerta, la del cuarto de los cuerpos en coma.

Ray Ban se metió en su cama a tropezones. Por una pequeña ventana, la última claridad del sol se consumía en un cielo coloreado por los destellos de la autopista.

—¿Cuáles son tus superpoderes? —preguntó con la voz ahogada.

—No tengo ninguno —dijo el Autista.

Y entonces avanzó la oscuridad.

*

Al día siguiente, el Autista encontró en el taller un televisor portátil en el que sólo se veía estática. Conectó la cámara, rebobinó... y la pantalla se llenó de colores opacos. El Autista subió el volumen. Jamás pensó que aquel momento iba a ser posible. ¿Qué es eso?, lo interrumpió Ray Ban. El documental sobre la autopista que estábamos haciendo, respondió el Autista. ¿Tú y quién más?, preguntó Ray Ban.

*

Yo apago el televisor.

Al fin.

No sé qué decir.

—¿Y él qué dijo?

—Se quedó dormido —me cuenta el Autista.

La Autopista: the movie

Ray Ban aprieta unas tuercas y habla solo. Su interlocutor, el chofer de un Audi, ha sido equipado con tapones para los oídos. Tapones que fueron elaborados a tiempo con una hoja de papel. The Critic.

—La noche siguiente no fue menos terrorífica —continúa el Autista.

*

Todos los días, tras la puesta del sol, Ray Ban daba por terminada su labor mecánico-crítica y se iba a dormir. Caía la noche y él se hundía en las sábanas y en el miedo. Ponía la cabeza bajo la almohada y temblaba de miedo. Se quedaba dormido y ni así desaparecía el miedo. Todo lo contrario. Se amplificaba en una pesadilla atroz. Ray Ban gemía como un niño y pegaba gritos que parecían gigantescos aullidos de dolor. Cada mañana despertaba envuelto en un sudor espeso y helado.

Ray Ban se sentó frente al televisor a escuchar con atención el documental. El Autista se ofreció a narrarle las imágenes. De vez en cuando el crítico hacía un gesto de aprobación con la cabeza y emitía un juicio certero.

Decía:

—Impactante.

Decía:

—Visionario.

Decía:

—Dará que hablar.

Pero no llegó al final. El Autista lo sorprendió en su butaca con el cuello descolgado hacia atrás. Profundamente dormido.

Volvió a proyectarle el documental al otro día. Las imágenes eran las mismas pero la narración del Autista cambiaba. Ray Ban volvió a quedarse dormido.

Se lo puso de nuevo al otro día. Ya el Autista describía imágenes que no salían en pantalla, que no podían haber sido grabadas en ninguna parte, que eran como el director's cut pero cortando casi cualquier cosa.

Y de nuevo lo mismo. Ray Ban terminaba roncando. Nunca llegó al final del documental. Un final, por otra parte, al que no era posible llegar.

El documental estaba (y está) inconcluso.

*

Ray Ban es un bulto encogido sobre la cama. Apenas puedo verlo. El cuarto oscuro ya está demasiado oscuro. Pero lo escucho: se queja y se retuerce y dice ¡No! ¡No! ¡No! y por momentos parece que se ahoga...

No sé qué hacía el Autista, una y otra noche sentado aquí, los ojos superabiertos a causa del antifaz, mientras a mí me crecía otra piel en el cuarto de al lado. Ahora es él quien duerme en aquella vieja colchoneta mientras yo vigilo. Un vigilante sin nada concreto que vigilar. Porque, ¿qué puede provocar semejante ataque de pánico total, y por dónde entra? ¿Qué puede haber allá afuera, en la oscuridad de la noche metida aquí dentro, que lleva a Ray Ban a ese estado? ¿Sombras infernales? ¿Fauces siempre abiertas y babeantes? ¿Pulpos voladores de larguísimos tentáculos? A juzgar por el estropajo de nervios rotos en que se convierte el guardián de la memoria cubana, pudiera tratarse del Mal Absoluto. El que te arrastra una y otra vez al borde de la locura pero no acaba nunca de volverte loco, y contra el que nadie puede ofrecerte ninguna clase de protección.

No sé qué estoy haciendo aquí.

Ser el único testigo de lo que sea que está ocurriendo.

Nada más.

*

Estaba dormido. El Autista se acercó a él y le quitó las gafas.

Debajo de las gafas había otras gafas iguales. El Autista se las quitó también.

Debajo de las segundas gafas había otras gafas. El Autista siguió quitando: bajo las terceras gafas aparecieron las cuartas gafas, y así sucesivamente. Gafas de sol unas sobre otras, tapándose unas a otras. El Autista nunca llegó a verle los ojos a Ray Ban.

*

Dejamos el taller por la mañana. Unas horas después, el Autista y yo nos despedimos.

—¿Estás seguro? —le pregunto.

—Sí, me quedo.

—¿Qué vas a hacer? Aquí no hay nada.

—Te equivocas. Aquí está todo.

—Sólo para ti, Autista —sonrío.

—Voy a llorar —dice el Autismóvil.

Lo veo alejarse, desierto adentro, en su carro parapléjico y parlante. A mí me espera la autopista. El autostop.

El primer carro que pare.

¿Hacia el norte o hacia el sur?

*

Extiendo la mano. Levanto el pulgar.

Sé que alguien lo va a entender.

Novedades:

C. M. no récord – Juan Álvarez
Carlota podrida – Gustavo Espinosa
Desde Alicia – Luis Barrera Linares
El amor según – Sebastián Antezana
El fin de la lectura – Andrés Neuman
Hormigas en la lengua – Lena Yau
Intrucciones para ser feliz – María José Navia
La ciudad de los hoteles vacíos – Gonzalo Baeza
Las islas – Carlos Yushimito
La Marianne – Israel Centeno
Médicos, taxistas, escritores – Slavko Zupcic
Moscow, Idaho – Esteban Mayorga
Praga de noche - Javier Nuñez
Punto de fuga – Juan Patricio Riveroll
Puntos de sutura – Oscar Marcano
Que la tierra te sea leve – Ricardo Sumalavia

www.sudaquia.net

Otros títulos de esta colección:

Acabose — Lucas García
El azar y los héroes — Diego Fonseca
Barbie / Círculo croata — Slavko Zupcic
Bares vacíos — Martín Cristal
Blue Label / Etiqueta Azul — Eduardo J. Sánchez Rugeles
Breviario galante — Roberto Echeto
Con la urbe al cuello — Karl Krispin
Cuando éramos jóvenes — Francisco Díaz Klaassen
El amor en tres platos — Héctor Torres
El espía de la lluvia— Jorge Aristizábal Gáfaro
El inquilino — Guido Tamayo
El Inventario de las Naves — Alexis Iparraguirre
El síndrome de Berlín — Dany Salvatierra
El último día de mi reinado — Manuel Gerardo Sánchez
Experimento a un perfecto extraño — José Urriola
Florencio y los pajaritos de Angelina su mujer — Francisco Massiani
Goø y el amor — Claudia Apablaza
Hermano ciervo — Juan Pablo Roncone
Intriga en el Car Wash— Salvador Fleján

Colección Sudaquia

La apertura cubana — Alexis Romay
La casa del dragón — Israel Centeno
La fama, o es venérea, o no es fama — Armando Luigi Castañeda
La filial — Matías Celedón
La huella del bisonte — Héctor Torres
Nostalgia de escuchar tu risa loca — Carlos Wynter Melo
Papyrus — Osdany Morales
Sálvame, Joe Louis — Andrés Felipe Solano
Según pasan los años — Israel Centeno
Tempestades solares — Grettel J. Singer
Todas la lunas — Gisela Kozak

www.sudaquia.net

Made in the USA
Columbia, SC
30 June 2018